Le train pour Tallinn

La fosse aux ours – 1, place Jutard – 69003 Lyon

Arno Saar

Le train pour Tallinn

La première enquête de Marko Kurismaa

traduit par
Patrick Vighetti

La fosse aux ours

À Marek, Anastassia, Olaf
et à tous les autres amis
de l'Université de Tartu

Ce roman est une œuvre de fiction. Les faits divers et les personnages réellement existants ou qui ont existé sont transformés par le regard du narrateur. Pour le reste, toute référence à des personnes ou des faits réels est totalement fortuite.

couverture : *À l'usine* (détail), 1927, Alexandre Deïneka (1899-1969)

1

Le 26 janvier, à vingt-deux heures quarante-trois, les haut-parleurs du GoRail 810 assurant la liaison Saint-Pétersbourg-Tallinn annoncèrent que le train entrait en gare. Les passagers éteignirent leur PC, ôtèrent leurs écouteurs et commencèrent à mettre manteaux, parkas, gants et chapeaux. Cinq minutes plus tard, parfaitement à l'heure, les lumières du quai n° 6 éclairaient les flancs bleu et gris de la locomotive et des voitures. Les freins crissèrent, accompagnés d'un jet de vapeur, avant quelques instants de silence profond. Les autres voies étaient vides, les rails et les traverses disparus sous la neige qui tombait dru depuis le matin. Un peu plus loin, à l'arrêt et tous feux éteints, le premier train du lendemain pour Paldiski avait perdu son orange rutilant sous le blanc manteau uniforme. Tout, à l'exception des flocons qui dansaient dans le halo des lampadaires, était absolument immobile. Puis, d'un coup, les portes de l'express 810 s'ouvrirent et les gens se déversèrent sur le quai avant de s'éloigner à la hâte vers des endroits plus chauds.

À vingt-trois heures, il ne restait plus de tous ces voyageurs que les traces imprimées dans la neige, et un homme, engoncé dans le confortable siège en cuir de la voiture deux de première classe. Un homme corpulent, la soixantaine, les yeux fermés et la bouche légèrement entrouverte. Le contrôleur l'aperçut de loin et grommela dans sa barbe; à tous les coups, le passager était bourré, et le réveiller maintenant allait être une sacrée paire de manches. En seconde, ils étaient moins friqués et donc ils picolaient moins, mais en première ça ne ratait jamais.

Le contrôleur s'approcha et il lui suffit d'un coup d'œil pour constater qu'il avait vu juste : sur le siège voisin, qui pendant tout le trajet, il s'en souvenait très bien, était resté vide, gisait une bouteille de spiritueux.

Il jura de nouveau. Il détestait toucher les gens, la seule idée de tapoter des doigts sur l'épaule de quelqu'un lui répugnait, de le prendre par le bras, de le secouer. Il dut pourtant effectuer tous ces gestes, l'un après l'autre, de plus en plus résolument, puisque le type ne se réveillait pas.

Il était mort.

2

Marko Kurismaa s'était réveillé ce matin-là avec la certitude déjà que le sommeil le tourmenterait toute la journée. Le sommeil, qui durant la nuit allait et revenait à son gré, durant les heures diurnes survenait à l'improviste, à peine annoncé par une légère confusion, par une superposition d'images réelles et de visions oniriques. Tel un ennemi qui frappait par-derrière, un ennemi qu'il attendait toutes les nuits en vain, étendu dans le lit, et qui tous les jours le prenait au moment le moins opportun: au beau milieu d'une réunion, en pleine séance de tir au polygone, au volant. À vrai dire, pas exactement tous les jours, du moins pas avec la même intensité; parfois il s'en tirait, en posant de temps en temps la tête sur sa table de travail, en s'enfermant à clé dans son bureau; ou bien le Modafinil accompagné de deux litres de boisson caféinée parvenait à lui assurer une existence presque normale; ou alors il errait comme un zombie, avec des paupières de plomb et le cœur au ralenti au point de s'arrêter avant de reprendre brusquement, selon un rythme forcené. Ce jour-là, il le sentait, serait de cet ordre-là.

La veille au soir, il s'était endormi vers vingt-trois heures, dans le canapé. Le livre américain qu'il avait entamé se révélait d'un ennui mortel: l'histoire d'un homme et d'un enfant qui essayaient de survivre après une espèce de catastrophe naturelle. Cette histoire battue et rebattue lui rappelait une vieille série de la

BBC, que la télévision estonienne avait diffusée dans les années 1990: *Les Survivants*, ou un truc dans ce genre. Vers une heure, Pedro, le jeune Espagnol auquel il louait une partie de la maison, l'avait réveillé en rentrant du boulot. Marko avait espéré que, pour une fois, il rentrerait seul, sinon le bruit de la porte ne serait que le premier d'une longue série. Il s'était mis au lit, mais, même si de la chambre de Pedro ne provenaient ni gémissements ni râles ni soupirs de jeunes femmes enchantées des prestations du *latin lover*, le sommeil s'était dédaigneusement retiré ailleurs. Les heures de la nuit s'étaient écoulées dans une alternance de rêves et d'hallucinations hypnagogiques durant lesquelles il lui avait semblé entendre les termites qui dévoraient la maison, et lorsque, à sept heures trente, le réveil avait sonné, il s'était levé d'un bond et était allé vérifier l'état des poutres et des cloisons de sa maison en bois. Évidemment, depuis la veille, rien n'avait changé, rien qu'on puisse saisir à l'œil nu. Mais les termites étaient bien là, ô combien, et un jour ou l'autre, en rentrant du travail, il trouverait un trou dans le mur du salon, ou dans le plafond de la salle de bains.

À la cuisine, il s'était préparé une tasse de café et était allé la boire dans le petit salon. De la fenêtre, à travers les branches dépouillées des platanes, on apercevait les remparts et les tours de la vieille ville. Il avait scruté le ciel. Il faisait encore trop sombre pour en déterminer la couleur, mais, même s'il ne neigeait plus, il imagina qu'il resterait livide jusqu'à quatre heures de l'après-midi, lorsque le coucher du soleil le rendrait à l'obscurité.

Il avait passé une chemise blanche et un jean un peu râpé qui, malgré ses cinquante ans, ne lui allait pas mal du tout. Marko avait un physique robuste et sec, forgé durant sa jeunesse par les travaux agricoles et par les milliers de kilomètres parcourus à ski de fond sous le regard austère des entraîneurs soviétiques. Ses cheveux, autrefois blonds comme les blés, avaient légèrement éclairci, mais personne n'aurait pu les qualifier de grisonnants ; tout au plus aurait-on souligné un de ces petits changements qui rendent certains hommes plus attrayants dans la maturité qu'à la fleur de l'âge. Pourquoi, alors, les collègues du commissaire Kurismaa ne lui connaissaient-ils pas d'amours récentes, ni d'aventures, ni de perversions ? Pourquoi, se demandaient certains, vivait-il seul tel un veuf inconsolable ou, comme l'insinuaient d'autres plus malicieux, tel un vieil homosexuel ? Personne, bien entendu, ne s'était jamais risqué à le lui demander ouvertement, et il s'était bien gardé quant à lui de fournir des réponses à des questions non exprimées. Les raisons, lui seul ainsi qu'une autre personne les connaissaient, et c'était bien assez.

Il avait enfin enfilé un veston d'étoffe sombre, avait jeté dessus une parka, sombre elle aussi, et avait lacé une paire de chaussures de marche nordique, noires, très discrètes. De chez lui au central de la police criminelle, au 52 de Tööstuse, on comptait exactement 1842 mètres, ce qui représentait un quart d'heure à bonne allure. Quinze minutes de marche avec les bâtons, le petit sac à dos sur les épaules et l'air glacial dans la figure pour tenter de se réveiller complètement.

À neuf heures précises, il s'assit à son bureau et, en moins de dix minutes, il s'endormit, profondément, bien plus profondément qu'il n'y était parvenu durant toute la nuit. Une demi-heure de sommeil, avant que le téléphone lui serve de réveil :

– Ciao Marko. Tout va bien, aujourd'hui ?

– Non, Kalio. C'est pire que d'habitude. Une nuit d'enfer, alors tu peux imaginer ce qui m'attend.

Kalio Kuslap, le commissaire-chef, était le seul au courant de sa narcolepsie : si la médecine du travail le découvrait, il serait probablement relégué à des tâches administratives, affecté à déplacer des paperasses d'une table à l'autre ou à saisir des données informatiques. Avec Kalio, en revanche, il s'était confié, et celui-ci l'avait toujours couvert, par respect pour une amitié née quand ils étaient tous deux de jeunes recrues, mais peut-être aussi pour faire taire un petit sentiment de culpabilité : si, par le passé, Marko Kurismaa n'avait pas dû supporter le poids de son nom de famille, les rôles de supérieur et de subalterne entre eux auraient été certainement inversés.

– Désolé, mais on a une affaire épineuse à résoudre.

– Ne peux-tu pas demander à Iljuštšenko ? Ou à Mätas ?

– C'est trop délicat. C'est de toi que j'ai besoin.

– J'arrive.

Kurismaa ferma les yeux et tourna la tête deux fois, en entendant les vertèbres de son cou craquer comme le gravier sous le pas d'un obèse. Puis il parcourut le couloir du quatrième étage et, après avoir toqué à la porte du fond, il entra dans le bureau du commissaire-chef et s'assit en face de lui.

– Désolé, Marko, j'aurais préféré te laisser tranquille, mais ça m'est impossible.

Des deux, cependant, c'est Kuslap qui semblait le plus éprouvé par la nuit à peine écoulée.

– Toi aussi, tu as mal dormi ?

L'autre pinça les lèvres dans une grimace mêlant douleur et résignation.

– À trois heures du matin, j'ai dû aller récupérer Raigo dans un pub rue Lauteri. Il s'était garé juste devant et il voulait conduire à tout prix, alors qu'il ne tenait pas debout. Par chance, la serveuse est parvenue à lui planquer sa parka, où il avait ses clés de voiture, et il s'est retrouvé coincé.

– Mais, toi, comment as-tu su qu'il était là-bas ?

– Dans la poche de sa parka, il avait aussi son portable : la serveuse a trouvé l'entrée « Papa » et a appelé. À mon arrivée, Raigo était assis au bord du trottoir, dans la neige au milieu de flaques de vomi.

En finissant sa phrase, il s'était caché le visage dans les mains, honteux d'avoir ce fils unique qui, à vingt-deux ans, ne donnait aucun signe de vouloir se ranger.

– Laissons tomber. Je t'ai appelé pour un meurtre.

– Ici, dans la capitale ?

– On n'en sait rien encore. Hier soir, un homme est arrivé mort à bord du train de Saint-Pétersbourg. À première vue, ça semblait être un infarctus, mais les médecins, selon la loi, ont dû pratiquer une autopsie, et ils ont trouvé une quantité notable de conine.

– C'est quoi, ça, la conine ?

– Un alcaloïde, très toxique ; on l'extrait de la ciguë.

Marko devint brusquement plus attentif et la torpeur qu'il traînait encore se dissipa définitivement.

– Empoisonné par la ciguë ?

– Ça m'en a tout l'air, confirma le commissaire-chef.

– Alors il s'est peut-être suicidé. Oyez, oyez, Mesdames, Messieurs, nous avons un nouveau Socrate.

– Voilà, Socrate ! Ça fait plus d'une heure, depuis qu'ils ont évoqué cette histoire de ciguë, que je cherche le nom de ce vieux Romain qui s'était empoisonné avec ça.

– Socrate n'était pas romain, mais grec... Un philosophe grec du cinquième siècle avant Jésus-Christ...

– Tu aurais dû faire prof, pas flic !

– C'est ça, à l'université, et j'aurais fini comme mon père.

– Excuse-moi, je ne voulais pas...

– C'est sans importance, continue.

– Il semblerait que le type ait dormi pendant tout le trajet, en ne se levant que de temps en temps pour se rendre au bar et aux chiottes.

– Un vrai gentleman.

– Un Russe.

– Tu aurais pu le dire tout de suite. Un Russe mort, c'est toujours une bonne nouvelle.

– Ne plaisante pas. Un Russe mort, c'est un bordel diplomatique pas possible. Surtout en ce moment.

– Rapport à l'Ukraine ?

– Entre autres. Tu vois bien que ces mecs-là ne lâchent rien. Pour eux, l'empire soviétique existe toujours. En tout cas, il vaut mieux se dépêcher de découvrir comment ça s'est passé. Pour l'instant, j'ai envoyé chercher la fille qui sert à la voiture-bar : on va l'amener ici en état d'arrestation.s

– Vous avez quelque raison de croire que c'est elle ?

– Le médecin légiste dit que la ciguë se dissout facilement dans l'alcool. Avec toute la vodka que le Russe a descendue, elle est la personne qui avait le plus d'occasions de l'empoisonner.

Marko regarda au-dehors par la fenêtre, pour tenter de réorganiser ses idées. Depuis le bureau de Kuslap, on découvrait, comme vu d'avion, le parc de Kalamaja. Kurismaa s'arrêta du regard sur une petite silhouette rouge qui poussait un objet de la même couleur : une maman et son landau. Le reste constituait une photo en noir et blanc : la neige au sol, les squelettes des arbres et les bancs en bois foncé que l'efficacité des agents municipaux avait déjà nettoyé au bénéfice de passants fantômes désireux de se dégourdir les jambes. Ou, peut-être, au bénéfice des âmes des Suédois enterrés là. Pendant des siècles, le parc de Kalamaja avait été un cimetière et, les journées d'hiver, il en reprenait l'apparence.

Kalio ranima son attention :

– Tu crois que tu as assez d'éléments pour commencer l'enquête ?

Marko réfléchissait :

– La Scientifique a-t-elle procédé aux relevés d'empreintes ?

Le commissaire-chef le regarda droit dans les yeux :

– Oui, mais sans résultat : rien de rien.

Il fit une nouvelle pause et reprit :

– Ça, c'est du moins la version officielle.

– Et si, en revanche, je te réclame la vérité ?

– La vérité, c'est que, d'emblée, tout le monde a pensé à un infarctus et que personne n'a songé à faire inspecter la voiture. La question du poison ne s'est posée qu'il y a une heure, avec les résultats des analyses, sauf qu'entre-temps le train a été lavé et désinfecté par l'entreprise de nettoyage et, qui plus est, il est reparti ce matin pour Saint-Pétersbourg.

– On ne peut pas l'arrêter dans une gare quelconque ? Je prends la voiture et je le rattrape.

Kuslap fit une grimace, à mi-chemin entre l'embarras et la résignation :

– Il a déjà franchi la frontière… Je ne voudrais surtout pas montrer aux Russes qu'on a fait une connerie.

– D'accord. Mettons que je n'aie rien dit. Mais ce soir, quand il revient, j'irai l'inspecter. Où était-il assis, notre Socrate ?

– Je ne saurais te dire, pour ça il faudra que tu te débrouilles.

– Qui nous a dit que le Russe a bu et dormi durant tout le trajet ?

– Le contrôleur en première classe.

– Vous l'avez arrêté, lui aussi ?

– Non. Lui, il a été interrogé par les collègues qui sont intervenus dans la gare cette nuit, en même temps que l'ambulance. Comme il semblait n'y avoir rien de bizarre, ils l'ont laissé partir. Voilà le procès-verbal de l'interrogatoire : deux exemplaires.

Il lui tendit les feuillets agrafés dans un coin ; Kurismaa les parcourut rapidement.

– Tu as besoin d'autre chose ?

– Du nom.

– De qui ?

– Du mort.

– Igor Semenov. Apparemment, il vivait ici avec sa femme, mais menait ses activités à Saint-Pétersbourg. Tu trouveras quelques infos sur lui dans le dossier que les gars sont en train de constituer à la hâte. Dès qu'il est prêt, je te le fais adresser dans ton bureau.

– S'il te plaît, demande-leur aussi d'apprendre à la veuve que son mari a été assassiné. Je ne veux pas de scènes d'hystérie quand j'irai la voir.

– Ce sera fait.

Kurismaa se leva d'un bond.

– Où vas-tu ? lui demanda son chef.

– Voir Igor.

– Il est à la morgue.

– Vraiment ? Je pensais qu'il était allé déjeuner à l'Olde Hansa[1]…

– Si ça ne faisait pas un bail que je te connais, je te dirais…

– … que je suis un con, je sais. Porte-toi bien, Kalio.

1. Restaurant dans la vieille ville de Tallinn où les serveurs portent des vêtements d'allure médiévale. C'est une institution.

3

Après avoir quitté son chef, Marko passa par l'open space où travaillaient les inspecteurs les plus jeunes et il appela Kaspar Mand.

Parmi tous les gars de la jeune génération, Kaspar n'était peut-être pas le plus éveillé ni assurément le plus courageux, mais c'était un garçon fiable, si on pouvait encore appeler garçon un homme adulte, dans la trentaine sans doute. Blond foncé, cheveux courts et fournis, un semblant de barbe et une stature très au-dessus de la moyenne. Les collègues femmes l'appréciaient beaucoup, mais il ne paraissait pas en faire cas.

– Suis-moi, lui ordonna-t-il résolument.

Et il se dirigea vers son bureau.

– Assieds-toi.

L'autre obéit et sortit de la poche de son uniforme calepin et stylo.

– À bord du train qui est arrivé la nuit dernière de Saint-Pétersbourg, on a retrouvé un certain Igor Semenov. Il a été empoisonné. Je veux savoir où il était assis, s'il avait des compagnons de voyage, comment les passagers étaient disposés dans la voiture et tout le toutim. Je veux ça au plus tard à cinq heures, sinon tu resteras en retenue ce soir.

– Des témoins ont-ils déjà été entendus ?

– Le contrôleur en première classe. Voilà le PV de l'interrogatoire. Au besoin, convoque-le de nouveau et pose-lui toutes les questions que tu juges opportunes. D'après lui, le type est mort d'un infarctus, et donc, sauf si c'est nécessaire, ne lui dis pas qu'il a été assassiné : les gens parlent peu volontiers des morts assassinés.

– Bien chef. Autre chose ?

Oh, il y avait un tas d'autres choses à savoir : qui était Igor Semenov, ce qu'il faisait, qui il fréquentait et, *last but not least*, qui l'avait « socratisé ». Mais il s'occuperait de tout cela plus tard. Pour l'instant, la morgue l'attendait et, bien qu'ils aient désormais tout le temps pour eux, les morts par assassinat étaient ceux qui supportaient le plus mal les longues attentes. C'est justement pour ne pas laisser trop attendre son client que Marko prit en considération trois options différentes : demander une voiture au service des déplacements et se taper sept formulaires à remplir en double exemplaire et signer les originaux ; détourner une patrouille en espérant que personne ne choisirait ce moment pour commettre un délit ; appeler un taxi et s'asseoir sur le remboursement. Finalement, il opta pour la quatrième, la plus rapide et la plus conforme à son caractère et à celui de la ville : à pied, en tram puis de nouveau à pied.

Marcher dans les rues de Kalamaja le mettait de bonne humeur : la vieille ville, blottie dans ses murs, était magnifique, monumentale, imposante, mais le tourisme l'avait transformée en une espèce de décor de théâtre, en un écrin dénué de vie ; au contraire, le quartier de Kalamaja était demeuré un écrin d'existences paisibles, authentiques. Et sous la neige, en plus… Le blanc des toits faisait ressortir les couleurs des façades en bois, jaunes, rouges, bleus, marron. Chaque fois, Marko se disait que, avec une bonne couche de peinture, sa maison pourrait leur ressembler, mais ensuite il ne trouvait jamais le temps nécessaire. Naturellement, il aurait pu payer un peintre, mais un homme véritable, certains travaux, il les fait lui-même.

En cinq minutes il fut à l'arrêt du 2 et, quelques instants plus tard, le vieux tram annonça son arrivée par le coup de sonnette furieux de la conductrice, une grosse femme blonde et vigoureuse qui, comme son véhicule, conservait des formes et des attitudes typiquement soviétiques.

Marko passa sa carte magnétique devant l'oblitérateur et s'assit, avec ce léger sentiment de culpabilité qui le saisissait chaque fois qu'il profitait du confort des sièges. « Les jeunes ne doivent pas s'asseoir dans les transports en commun » lui répétait la voix de sa conscience ; ce jour-là, il la fit taire en se disant que le tram était pratiquement vide et qu'il devait mettre le trajet à profit pour lire l'interrogatoire du contrôleur. L'idée que, à cinquante ans, on n'est plus si jeune pour se sentir coupable ne l'effleura même pas.

Tandis que, sur sa gauche, défilaient les habitations sur la longue route de Kopli, il se plongea dans la lecture. Ses collègues de la nuit avaient posé les questions habituelles pour une mort accidentelle.

Q. Le passager a-t-il manifesté des signes de malaise durant le voyage ?

R. Aucun signe particulier. Il m'a juste paru déjà éméché quand il est monté à Saint-Pétersbourg.

Q. Durant le trajet, est-ce qu'il a bu ?

R. Moi, je l'ai vu se lever deux fois pour aller commander quelque chose, mais il faudrait demander ça à Lena, l'hôtesse.

Q. Jusqu'à quand l'avez-vous vu bouger ?

R. À Ivangorod, il a présenté son passeport à la police russe, et à Narva il l'a montré à notre police des frontières, mais à ce stade il semblait déjà pas mal bourré.

Q. Le personnel du bar ne devrait-il pas refuser de servir de l'alcool à des passagers ivres ?

R. Oui, et Lena y fait toujours très attention. Cependant, le passager a dû apporter son ravitaillement personnel, car, quand j'ai essayé de le réveiller, j'ai vu sur le siège voisin une bouteille de Vana Tallinn. Nous, on ne vend pas de bouteilles à bord du train.

Un sacré alcoolique, se dit Marko ; tu voyages en première classe, donc tu n'es pas fauché, tu viens de Saint-Pétersbourg où tu pouvais te payer la meilleure vodka, mais tu trimbales dans ta valise un alcool estonien à quatre sous. Tu dois être un vrai malade.

Q. Durant le voyage, a-t-il parlé à quelqu'un ? La place à côté de la sienne a-t-elle été occupée par un autre passager ?

R. Apparemment, il n'a parlé qu'à l'hôtesse. Et je crois bien que le siège d'à côté est resté tout le temps vide, mais je me déplace dans toutes les voitures, quelque chose a pu m'échapper.

Q. J'imagine que vous n'avez pas remarqué de spasmes, ou de mouvements bizarres qui fassent penser à une crise cardiaque.

R. Je le répète, je n'ai pas toujours été dans cette voiture et, même, mon poste est dans la voiture 3, lui il était dans la 2 ; sans compter que sa place n'est pas visible depuis la plateforme entre les deux voitures, puisqu'elle est cachée par la structure du bar. Il a dû la réserver exprès pour être plus près de la vodka.

Q. Mais il avait sa propre bouteille.

R. Peut-être la gardait-il seulement en cas d'urgence.

Le procès-verbal se concluait par quelques lignes sans importance.

Quand Marko leva les yeux, le tram passait devant le Viru Hotell, autrefois le quartier général du KGB, aujourd'hui celui des armées de businessmen étrangers qui fondaient sur la ville à la conquête du marché estonien. Il mit son chapeau et se leva pour se préparer à descendre. Sans qu'il s'en aperçoive, la voiture s'était remplie, et il eut l'impression que tous ceux qui étaient restés debout, depuis le vieux catarrheux à la chapka à la fille tenant des skis de fond dans les mains, le toisaient d'un air réprobateur. Ce fut avec un vrai soulagement que, dès l'ouverture des portes pneumatiques, il sauta dans la rue.

L'hôpital provincial se trouvait encastré derrière deux îlots d'immeubles, rue Liivalaia, qui paraissaient ne pas s'être aperçus de l'effondrement de l'URSS. Plus loin, près de la voie ferrée, les surfaces vitrées de l'imposant immeuble de la Swedbank ne laissaient aucun doute sur le triomphe absolu du capitalisme, mais là, dans cette espèce de faille spatio-temporelle, s'affichaient encore les façades grises des phalanstères en béton, sobres, sans balcons ni décorations, obstinément rationalistes. Y régnaient les magasins austères, dépourvus d'enseignes, avec leurs vitrines poussiéreuses qui montraient un piètre échantillon de vêtements ou d'objets non exposés, simplement laissés là en attendant de redevenir à la mode; une marchandise qui ne disait pas « achète-moi, je suis belle », mais qui grommelait « moi, je suis là et je n'y suis pas trop mal, que tu m'achètes ou pas, je m'en fiche complètement, ce sont tes oignons ».

Somme toute, ce panorama-là non plus ne lui déplaisait pas et, découvrant un petit restaurant crasseux qui proposait une soupe au chou à un euro cinquante, il eut presque envie d'y entrer. Naturellement, il ne regrettait en rien l'esprit socialiste que l'endroit incarnait si bien; son sentiment était plus élémentaire, totalement apolitique, cela s'appelait la nostalgie de la jeunesse.

L'hôpital formait une citadelle apparue par excroissance autour d'un bâtiment plus ancien. Marko se dirigea droit vers la morgue. Malgré lui, il en connaissait le chemin par cœur, de même qu'il connaissait les trois médecins légistes qui s'y relayaient. Devant la porte vitrée se trouvait un interphone: Kurismaa sonna et présenta sa carte à l'objectif de la caméra. La porte s'ouvrit dans un bourdonnement et un déclic sec.

La grande chambre mortuaire avait été récemment rénovée et semblait conçue moins par un architecte que par un cinéaste hollywoodien, tant elle évoquait celles des films: un sol de résine verte, deux cloisons carrelées de blanc et deux autres, à l'opposé, occupées par des tiroirs en acier où ranger les cadavres. Au milieu de la salle, à côté d'une table à dissection encore vide, il fut accueilli par le Dr Pärn, le doyen des médecins légistes de l'hôpital.

– Bonjour, commissaire, je ne sais pas pourquoi, mais je m'attendais à ce que ce soit à vous qu'on confie cette affaire.

– Bonjour, docteur. Moi, en revanche, j'espérais bien ne pas avoir à vous rencontrer, en tout cas pas ici.

– Vous aimeriez ne pas devoir regarder la mort dans les yeux au moins une fois par mois ? Vous auriez dû faire boulanger, ou maître d'école maternelle, ou floriculteur. Mon cher, si vous êtes flic, c'est là le prix à payer.

Le médecin s'approcha d'un des tiroirs :

– Prêt à faire la connaissance de notre client ?

– Vous auriez du menthol pour me mettre sous les narines ?

– Vous savez, il ne pue pas encore.

Les Russes puent toujours ; c'est cela qu'il aurait voulu répondre. Mais, au fond, il essayait lui aussi de s'interdire cette dérive raciste qui plongeait ses racines dans une douleur très personnelle.

– Alors je m'en passerai.

Dans un bruit quasi imperceptible, le tiroir coulissa sur ses rails, et de cette espèce de casier émergea une forme humaine au teint cireux.

Marko imagina que, de son vivant, le type portait des vêtements élégants, de bonne coupe, de ceux qui font paraître robustes et de belle prestance les hommes gras ; mais, de la sorte, nu et étendu, il ressemblait à une énorme baudruche. La panse du buveur de bière retombait en plis sur son pubis, recouvrant les poils blancs et le sexe ratatiné.

– Vous pouvez refermer, dit Marko, comme *memento mori* ça suffira.

– Comme quoi ?

– *Memento mori* : rappelle-toi que tu dois mourir. Les médecins ne devraient-ils pas savoir le latin ?

– En théorie, oui. Et, toujours en théorie, pas les flics.

– Tous les flics n'ont pas eu un père qui enseignait à Tartu.

– C'est vrai, j'aurais dû y penser.

Son histoire personnelle était désormais bien connue dans le milieu.

Dans le même roulement à billes avec lequel il s'était ouvert, le tiroir d'acier satiné retourna dans le casier, effaçant la vision répugnante du corps du Russe.

– Venez, allons dans mon bureau, l'invita le Dr Pärn en le précédant au-delà de la porte vitrée.

Le docteur s'assit derrière son bureau, sur un fauteuil en skaï dont l'usure laissait voir, çà et là, le caoutchouc-mousse du rembourrage. Kurismaa prit place sur une chaise en plastique de l'autre côté de la table.

– Alors, que disent vos analyses ?

– Dans le sang, on a trouvé les traces de conine, de méthylconine et de tous les alcaloïdes contenus dans la ciguë. Des doses massives, ainsi qu'une quantité d'alcool qui à elle seule aurait pu le plonger dans le coma. On parle là d'une alcoolémie de plus de trois grammes par litre de sang.

– Vous avez une idée de la façon dont pourrait avoir eu lieu l'empoisonnement ?

– Je pense que oui. Voyez-vous, la ciguë est difficilement soluble dans l'eau, mais dans l'alcool elle se dissout à merveille. En plus, le goût des boissons alcoolisées peut en masquer l'odeur.

– Et donc, selon vous, celui qui l'a tué pourrait avoir mis le poison dans le Vana Tallinn ?

– Pourquoi me parlez-vous de Vana Tallinn et non de whisky ou de vodka ?

– Parce que le contrôleur affirme avoir vu sur le siège voisin de celui du mort une bouteille de notre boisson locale.

– En effet, le Vana Tallinn est une solution idéale : la vanille et la cannelle masquent l'odeur et le goût de la ciguë, et les cinquante degrés font le reste. La conine déclenche une paralysie progressive des muscles liés à la respiration et à la déglutition. L'empoisonné commence par ressentir une brûlure terrible et, s'il le peut, il boit pour se désaltérer.

– Donc, si le poison était dans la bouteille d'alcool, plus il en buvait, plus il s'empoisonnait, mais plus il s'empoisonnait, plus il avait soif, et donc plus il buvait.

– Exactement. Un cercle vicieux, mortel.

– C'est rapide ?

– Tout dépend de la dose, mais, d'habitude, l'empoisonnement par la ciguë a une issue fatale en l'espace de trois heures.

– Alors, celui qui l'a tué pourrait être resté là à le regarder agoniser.

– Et s'il s'était suicidé ? Comme Socrate.

– Docteur, je ne voudrais pas vous paraître comme quelqu'un qui se laisse tromper par les apparences, mais, pour se suicider, il faut avoir une conscience aiguë de la douleur de vivre, alors que ce type me semble avoir été quelqu'un d'habitué à perdre toute conscience chaque fois qu'il avait une bouteille à portée de la main.

– Vous avez raison. J'espérais juste vous épargner un peu de travail.

Kurismaa sourit; entre le Dr Pärn et lui régnait cette étrange complicité qui s'établit entre les personnes qui, par pur sens du devoir, font avec un scrupule extrême ce qu'ils n'auraient pas voulu avoir à faire. Qu'est-ce qui les avait conduits à devenir ce qu'ils étaient ? Le docteur ne s'en souvenait pas précisément : trop d'années, trop de routine. Lorsqu'il s'était inscrit à l'université, en 1970, c'était l'époque des premières transplantations, et il rêvait alors d'être chirurgien, pour offrir la vie à des patients considérés comme perdus ; et puis, quelque chose qu'il ne se rappelait pas s'était insinué entre ses projets et lui : une fille ? Un professeur très charismatique ? L'entrée dans le mauvais amphi ? Une directive du Parti ? Pratiquement sans s'en apercevoir, il avait abandonné la chirurgie pour la médecine légale, les patients moribonds pour les vrais morts. « Ils ne pourront plus se plaindre », le chambraient ses amis : c'était la seule consolation. Quant au commissaire, il avait les idées plus claires : à vingt ans, il aurait voulu être un skieur de fond professionnel, Finlandais. Dommage que, pour le séparer de son rêve, s'étaient glissées plusieurs secondes de retard lors d'une compétition importante et un bras de mer de cinquante kilomètres.

– Merci de l'intention, docteur, mais, comme nous savons tous deux qu'il ne s'est pas suicidé, dites-moi : d'après vous, combien a-t-il mis de temps pour mourir ?

– Dans son cas, l'alcool et la forte dose de poison ont accéléré le processus. L'autopsie fait remonter le décès plus ou moins vers vingt-deux heures hier soir, et le poison a dû être pris entre dix-huit et vingt heures. Je ne saurais vous en dire davantage.

Il demeura un instant pensif, main sur le menton, dans la pose de ces écrivains qui, devant l'objectif, doivent s'afficher en vrais intellectuels. Puis, certain d'avoir trouvé une solution, il dit :

– Vous avez sûrement récupéré la bouteille. S'il est resté ne serait-ce qu'un fond de liquide, nous pouvons l'analyser et déterminer quelle était la concentration de poison. Une fois cette donnée en notre possession, il est plus facile d'établir à quelle heure il a pu boire la première gorgée.

Kurismaa le regard, contrit :

– Docteur, vous voyez les séries américaines où la scène du crime reste intacte jusqu'à l'arrivée de la Scientifique ?

L'autre acquiesça d'un sourire, imaginant la suite.

– Ici, chez nous, nous sommes plus créatifs : non seulement nous n'avons pas laissé la *crime zone* intacte, mais nous l'avons même expédiée en Russie. Dit autrement, nous n'avons pas la bouteille.

4

À peine Marko eut-il pendu sa parka au portemanteau de son bureau que Kaspar Mand entra, un papier à la main et l'air radieux :

– À toute chose malheur est bon, déclara-t-il.

Et il resta planté là, devant le bureau de Marko, souriant toujours.

– Le diable fait les casseroles mais pas les couvercles. Tant va la cruche à l'eau qu'à la fin elle se casse. La mère des crétins est toujours enceinte. Si tu veux faire un concours de proverbes, c'est moi qui vais gagner, si en revanche tu veux bien me dire ce que tu as découvert, ne reste pas là comme un idiot et explique-toi.

– Je faisais allusion à la situation internationale : la guerre en Ukraine, les attentats en France, les cellules islamistes au cœur de l'Europe. C'est ça, le bon côté du malheur : il a fait élever le niveau de contrôle des voyageurs entrant dans l'Union européenne.

– C'est sûr. Davantage de vérifications sur les listes des passagers des avions...

– Pas seulement des avions, des trains aussi. Du moins les trains internationaux qui viennent de pays pas vraiment amis.

– Tu veux dire qu'on a la liste des passagers du 810 ?

– La liste complète. Il y a quelques jours encore, la compagnie ne disposait que des noms de ceux qui réservaient leur billet sur Internet, mais ceux qui l'achetaient à la gare demeuraient anonymes. À présent, même ceux qui se présentent au guichet doivent laisser leurs nom et adresse et le numéro d'une pièce d'identité. Le tout est saisi dans le système électronique de réservation, et voilà le résultat.

Il déposa enfin sur la table les feuillets dont il était si fier. Y figurait même un plan des places attribuées, qui servait de cahier à l'ensemble.

– J'ai déjà recoupé ces indications avec celles de notre banque de données : celles qui sont soulignées en jaune, ce sont nos clients plus ou moins affectionnés.

Marko découvrit la liste et s'étonna qu'elle ne comporte que trois pages.

– C'est tout ?

– Oui, le train circulait à moitié vide.

Il lut à haute voix le premier nom souligné et les notes, manuscrites, qui l'accompagnaient.

– Youri Kuznetsov. Un escroc : il vend des fonds d'investissement bidon, de fausses assurances-vie et des terrains constructibles qui ne lui appartiennent pas.

– Il voyageait en première ?

– Naturellement. Tout le trajet, de Saint-Pétersbourg à Tallinn.

Kurismaa tourna la page et posa le doigt sur une autre ligne jaune :

– Et lui ? Dis-moi que je rêve.

– C'est bien ça, il s'appelle vraiment Nikolaï Podgorny[2].

2. Nikolaï Viktorovitch Podgorny est un ancien dirigeant du Præsidium du Soviet suprême de l'URSS, de 1965 à 1977, c'est la raison pour laquelle le commissaire s'étonne de ce nom.

– Et que fait-il, ce brave homme ?

– Il a été arrêté plusieurs fois pour contrebande de spiritueux et de cigarettes, et pour détention de matériel pédopornographique. Il semble qu'en Russie on tourne pas mal de vidéos avec des mineures, et lui il fournit en DVD quelques salopards de chez nous.

– Je vois là qu'il est monté à Ivangorod : il ne va pas les chercher bien loin, ses marchandises russes.

– Non, juste de l'autre côté de la frontière. Mais si on l'arrête, il raconte aussitôt qu'il est allé voir sa vieille tante qui habite réellement à Ivangorod.

– Mais bien sûr, renchérit Marko d'un ton sarcastique, autrefois nous étions une seule et grande nation. Aujourd'hui, nous sommes traversés de frontières, et il arrive que les vieilles tantes restent du mauvais côté.

– On le surveille, discrètement.

– Certes. Le troisième nom que j'ai repéré est celui de Hillar Sirp. Il est videur dans une boîte de strip-tease de la vieille ville, et on l'a mis à l'ombre plusieurs fois pour avoir malmené des touristes.

– Lui aussi, en première classe ?

– Non, en seconde. C'est lui qui était assis le plus loin de la victime.

Il lui montra le plan.

Marko donna un coup d'œil distrait au schéma et revint parcourir la liste des passagers, jusqu'à ce que son index s'arrête sur un nom moins insignifiant que les autres : Paul Veiman, monté à Narva. Était-ce le même Paul Veiman qui, bien des années auparavant, à l'académie, lui avait montré comment passer les menottes à un homme maintenu au sol par un genou ? Le même Paul Veiman qui lui avait appris à distinguer les informateurs fiables de ceux qui inventent des salades pour se tirer d'affaire ? Le même Paul Veiman qui, après l'indépendance, aurait pu aspirer à un poste de commandement de la police estonienne renouvelée, mais qui avait préféré rester sur le terrain ? Il ne l'avait pas revu depuis au moins trois ans, ce Paul Veiman, depuis qu'il avait pris sa retraite. Si c'était lui, il valait la peine d'aller lui en toucher deux mots : avec son regard de flic chevronné, il avait peut-être vu un détail qui aurait échappé aux autres et, même si ce n'était pas le cas, il reverrait toujours un ami, et un maître.

Il entoura de sa plume le nom de Paul Veiman et tendit le feuillet à Kaspar :

– Tâche de savoir si c'est là un de nos ex-collègues, ou s'il s'agit d'une simple homonymie : l'homme auquel je pense a passé depuis un moment les soixante-dix ans, et il vit à Nõmme.

– Je le convoque au commissariat ?

– Non, non, laisse tomber, si c'est lui, je veux juste lui offrir une bière.

– Alors je peux m'en aller ?

– Va avec Dieu, avec Marx et avec Lénine.

Alors que l'autre était sur le point de franchir la porte, Marko le bloqua :

– Tu te souviens du numéro interne des Détentions provisoires ?

– 6548.

– Merci. Tu peux filer.

Cette fois, il le laissa partir pour de bon. Puis il se mit à réfléchir au meurtre du Tallinn Express comme à un des cas d'école que l'académie de police proposait aux jeunes recrues ; il imagina Paul Veiman derrière sa chaire, en train d'écrire à la craie au tableau délavé par les ans et par l'incurie. Il aurait prévu deux colonnes : à gauche, il aurait écrit *Les objets*, à droite *Les personnes*. Et là, il aurait entamé une liste :

1) Tout savoir de la victime ;
2) Interroger les témoins ;
3) Interroger les suspects.

Ensuite, avec les yeux de l'esprit, il vit Paul Veiman descendre de l'estrade et venir lui murmurer à l'oreille : « Toutefois, si au fond de ton cœur tu penses qu'un des suspects est innocent, ne le laisse pas moisir dans une cellule de sécurité, pars du point n° 3 et, si l'interrogatoire confirme ton impression, relâche-le. »

Il prit alors la chemise, ignora la partie relative à Igor Semenov, lut le nom de la fille qui servait à la voiture-bar et composa le 6548.

– Commissaire Kurismaa. Préparez Lena Smuul pour un interrogatoire.

5

« Lena Smuul, célibataire, née à Kehra le 12 décembre 1989, résidant à Tallinn, rue… »

L'imprimante, probablement à court d'encre, avait estompé le nom de la rue au point de le rendre illisible. Sollicitée du regard par Marko, la jeune femme intervint :

– J'habite rue Madara, au 27.

– Il y a des maisons, dans le coin ? Je croyais qu'on n'y trouvait que de vieux hangars…

– On m'a loué la loge d'une usine abandonnée. Je dois me battre contre les rats, par contre c'est pas cher.

Elle s'efforçait de garder son calme, mais on voyait qu'elle avait pleuré et que les larmes restaient prêtes à jaillir.

– Donc, vous travaillez dans les trains de la GoRail, comme hôtesse.

– Oui.

– Toujours sur la ligne de Saint-Pétersbourg ?

– Autrefois, j'alternais Saint-Pétersbourg et Moscou, mais depuis un an je ne fais que Saint-Pétersbourg.

– On vous a expliqué pourquoi vous êtes ici ?

Les mots de la réponse butèrent sur le tremblement de ses lèvres :

– À cause du gros type qui est mort dans le train.

– Vous saviez qu'il était mort ?

– Non. Je ferme le bar une demi-heure avant l'arrivée et, dès l'ouverture des portes, je saute dehors et ne m'attarde pas, les environs de la gare me font peur. Quand je suis descendue, j'ai vu que le type dormait, alors j'ai pensé qu'avec tout ce qu'il avait bu on pouvait le laisser là jusqu'au lendemain.

– Vous lui avez servi souvent à boire ?

Elle sourit, à moins que ce ne soit une moue de dégoût :

– Il était réglé comme une horloge : un verre de vodka toutes les quinze minutes, de Saint-Pétersbourg à Narva.

– Et sur le trajet de Narva à Tallinn, il n'a plus rien pris ?

– Je dirais que non. Il a dû s'endormir définitivement.

– Ne serait-ce pas à cause de la bouteille de Vana Tallinn que vous lui avez vendue ?

– Je ne lui ai vendu aucune bouteille. Nous ne vendons pas de bouteilles, c'est interdit.

La voix aiguë, cassée, effrayée.

– Alors vous l'avez empoisonné plus lentement, verre après verre, en versant de la ciguë dans sa vodka.

Le ton était si ferme, si net que, à l'entendre, il était difficile d'imaginer que Marko ne la jugeait pas coupable. Peut-être bien qu'il commençait lui-même à exercer l'art subtil du doute.

– Mais je n'ai empoisonné personne ! Pourquoi l'aurais-je fait ? Je ne le connaissais même pas.

– Vous ne l'aviez jamais vu auparavant ?

– Non.

Il fut un temps où Marko était convaincu qu'il savait distinguer entre un mensonge inspiré par la peur et un mensonge de coupable ; à présent, cette certitude avait disparu : la seule chose dont il était sûr, c'était que la fille mentait. Restait à établir si c'était par peur ou par culpabilité.

– Écoutez-moi bien. Ces murs gris me dépriment autant que vous, c'est fait exprès ; cependant, il y a une différence entre vous et moi : si, moi, je presse un bouton, quelqu'un arrive et ouvre cette porte, moi je sors et je vais écouter un peu de jazz au *Clazz*, tandis que, vous, vous moisissez ici. Chaque salade que vous me racontez est un morceau de Petrucciani que, moi, j'écoute et pas vous. Et donc, même si vous n'aimez pas le jazz, vous devez me dire la vérité.

– Mais je vous l'ai dite !

Marko pressa le bouton.

L'instant d'après, une policière blonde ouvrit la porte et regarda le commissaire Kurismaa avec l'air d'en attendre les ordres.

– Conduisez-la en cellule.

La femme s'approcha de la chaise de Lena.

– Avec les menottes.

Marko vit alors sur le visage de la jeune femme l'expression qu'il avait appris à reconnaître dès ses premières années dans la police, une expression que beaucoup, en Estonie, avaient vue, et ceux qui ne l'avaient pas vue, on la leur avait décrite. Les yeux écarquillés de façon peu naturelle, la bouche paralysée, la peau des joues très pâles, comme du papier sale. C'était le visage des malheureux interrogés par le KGB. Qui sait si le visage de son père ne s'était pas lui aussi crispé dans une telle grimace ? Sans doute la première fois, au premier interrogatoire, peut-être aussi au deuxième ou au troisième ; puis l'habitude avait dû prendre le dessus et le dégoût envers les bourreaux avait dû remplacer la peur.

– Je l'avais vu d'autres fois, c'est vrai.

Lena Smuul n'avait pas besoin d'un deuxième ni d'un troisième interrogatoire.

– Je vous remercie, agent, je crois qu'on va bavarder encore un peu.

La femme en uniforme sortit, selon un scénario bien rodé.

– Écoutez-moi bien, Lena. Vous faites la ligne de Saint-Pétersbourg depuis un an, le mort du train est un homme d'affaires qui vit ici et qui a son bureau à Moscou : pour ne pas le voir, il faudrait être aveugle. Si vous décidez de mentir, faites-le intelligemment. À présent que vous avez compris que je sais repérer les mensonges, recommençons depuis le début. Vous le connaissiez ?

– Non, je le voyais seulement à bord et nous n'avons jamais échangé un seul mot, sauf les quelques phrases pour commander et pour régler.

– Il était souvent ivre ?

– Tout le temps.

– Il voyageait seul ou avec quelqu'un ?

– Je l'ai toujours vu seul, il me semble, mais je ne saurais dire si, par le passé, il est monté dans le train avec d'autres personnes. Moi, je fais mon travail, et si vraiment je devais regarder un homme, ce n'est pas un type de ce genre que je regarderais.

Marko repensa à l'image du Russe à la morgue, à son apparence de baudruche gonflée, et il ne put que lui donner mentalement raison.

– Pourtant, justement parce que vous faites ce travail-là, vous voyez un tas de gens. Parmi ceux que vous avez servis durant le voyage d'hier, y a-t-il quelqu'un qui ait attiré votre attention ?

– Je dirais que non. Il y avait peu de monde à bord, surtout en première.

Kurismaa reprit la liste des voyageurs dont son collègue lui avait laissé une copie, et il essaya d'aider la fille à se rappeler :

– Sept personnes.

– Quoi ?

– Je dis que, en première, il y avait sept personnes. Quatre dans la voiture de tête et trois dans la voiture-bar : le mort plus deux autres. Ce ne devrait pas être trop difficile de me dire à quoi ressemblaient ces deux-là ?

– Deux hommes. L'un, dans les cinquante ans. Il a lu tout le temps un livre d'Andrus Kivirähk[3], en ricanant de temps en temps. L'autre était étranger : il m'a parlé en anglais, mais il avait une tête d'Arabe du Moyen-Orient.

La carte des emplacements à la main, le commissaire repéra tout de suite les deux hommes. Il demanderait des vérifications, en particulier pour l'étranger qui, d'après les données de la réservation, résidait à Beyrouth : un Libanais en Estonie méritait un petit supplément d'enquête.

3. Journaliste et romancier, à l'écriture très ironique. Il est aussi l'auteur de livres pour enfants.

– J'imagine qu'ils n'ont pas été bien nombreux, ceux qui ont traversé la voiture pour se rendre dans les autres.

– Depuis que les places sont assignées à l'achat du billet, ce genre de déplacement n'existe plus. Certains circulent pour venir au bar, mais hier on aurait dit que les gens n'avaient même pas soif.

– À part le Russe, naturellement.

– À part lui, bien entendu. À présent, je peux rentrer chez moi ?

Marko repensa aux paroles de Paul Veiman : si, au fond de ton cœur, tu penses qu'un des suspects est innocent, ne le laisse pas moisir en cellule, et si l'interrogatoire confirme ton impression, laisse-le partir.

– Non. Vous allez rester encore un peu avec nous.

Au fond de son cœur, il ne ressentait rien encore.

6

Quand il remonta des enfers des salles d'interrogatoire, il était presque quatorze heures: le self allait fermer. Il posa ses feuillets sur le bureau et composa un autre numéro interne: 3169. La réponse arriva aussitôt après la première sonnerie:

– Section Crimes domestiques, inspecteur Kristina Lupp, je vous écoute.

–Tu réponds au téléphone comme quelqu'un qui a bossé vingt ans dans un call center.

– C'est la réponse standard prévue par le nouveau protocole du bureau des Relations extérieures.

– Et si on parlait plutôt de relations intérieures? Ça te dirait de venir avec moi manger des restes au self avant qu'on nous claque la porte au nez?

– C'est quand, la dernière fois qu'on nous a vus ensemble?

– Il y a une dizaine de jours. Je ne pense pas qu'on éveille trop les soupçons, avec Kaspar j'y déjeune bien plus souvent et personne ne nous imagine en couple.

– C'est parce que l'idée d'un flic gay n'est pas encore acceptée. Le machisme…

– Bon, tu viens ou tu viens pas, déjeuner?

– On se retrouve là-bas, dans cinq minutes, mais arrivons par des ascenseurs différents. Moi, je prends celui de l'escalier B.

– Ça, ça s'appelle de l'« obsession », tu devrais…

Le grésillement du téléphone lui confirma, une fois de plus, que Kristina n'était pas disposée à entendre ses arguments : pour elle, leur relation devait rester secrète, du moins jusqu'à ce qu'elle devienne commissaire elle aussi et que plus personne ne puisse parler de promotion canapé.

Il n'y avait pas d'autres raisons de se cacher. Elle était divorcée, avec un fils qu'elle avait eu juste avant ses trente-cinq ans ; une tentative insensée et inutile de sauver un mariage qui avait coulé à pic bien plus que les frégates russes dans le port de Paldiski. L'arrivée de Nikolas, au lieu de ressouder le couple, avait simplement transformé un mari violent en un père violent. Kristina ne s'était jamais pardonné son erreur d'évaluation ; voilà pourquoi, même à présent que le gamin avait huit ans et qu'il était calme et équilibré à souhait, sa maman s'efforçait d'être pour lui une sorte d'airbag prêt à le protéger du moindre coup. À tort ou à raison, Kristina et Nikolas formaient le noyau invisible d'un atome, tout le reste venait après, à distance, Marko y compris. Avec sa maîtrise en psychologie, l'inspecteur Kristina Lupp n'avait pas besoin de s'entendre dire par d'autres qu'une mère surprotectrice était le seul danger dont son fils n'était pas protégé, mais, de ce point de vue, elle n'avait aucun contrôle sur elle-même. Et puis, ce qu'elle voyait tous les jours à la section Crimes domestiques et Violences faites aux femmes ne l'incitait pas à baisser la garde : si certaines personnes étaient capables de pareilles cruautés envers leur propre sang, la férocité que son fils devrait affronter dans le monde était sans limites. Par ailleurs, même s'il ne s'en souvenait pratiquement pas, Nikolas les avait expérimentées à la première personne, ces gifles parties sans raison, pour un mot dit ou pas dit, pour un bruit ou un rire déplacé. C'était pour chacune de ces gifles que, quand la section Crimes domestiques s'était constituée, Kristina avait déposé aussitôt sa demande pour la diriger. Bizarrement, pour ce poste, aucun de ses collègues hommes n'avait joué des coudes ou tenté des coups bas.

Au self, les agents d'entretien avaient déjà placé les chaises sur les tables, pieds en l'air. Quand Kristina se montra, Marko, déjà installé, lui cria :

– Venez ici à ma table, inspecteur Lupp, comme ça on ne salira pas ailleurs.

– Entendu, je me sers et j'arrive. Merci.

Ce n'était ni la première ni la dernière fois qu'ils recouraient à cette saynète pour justifier un instant d'intimité aux yeux du personnel de service, lequel, probablement, sans cette tentative pathétique de justification, n'aurait même pas prêté attention à ce couple : s'il avait été encore de ce monde, le Pr Kurismaa, le père de Marko, aurait cité la vieille devise latine : *Excusatio non petita, accusatio manifesta.* Et il était évident qu'une excuse non demandée équivalait à une autoaccusation ; parfois l'évidence nous trahit et saute aux yeux de tout le monde, excepté à ceux des intéressés.

Dès qu'elle eut posé son plateau sur la table, Kristina fixa son camarade :

– Soit tu t'es shooté au Modafinil, soit on t'a confié une affaire.

– Pourquoi ?

– Parce que ce sont les seules situations où tu as les yeux qui brillent.

– Ce n'est pas vrai, quand je te vois nue sous ma douche aussi, ou en maillot de bain sur la plage, ou en robe de soirée au gala de la police.

– À ta place, je parlerais encore plus fort ; si tu veux aussi informer le public sur la fréquence de nos ébats sexuels, ne te gêne pas...

– Ça va, personne ne nous écoute. En tout cas, tu as raison : meurtre dans le train de Saint-Pétersbourg. Cette nuit. Un Russe assassiné.

– Un truc intéressant ?

– Quand ça touche des Russes, c'est toujours intéressant, mais ça craint : je dois me rendre tout à l'heure à Narva pour intercepter le Tallinn Express dès qu'il rentre en Estonie.

– Pourquoi ça ?

– Nos brillants collègues ont laissé le train repartir sans le fouiller, et Kalio ne veut pas que les Russes le sachent. Aussi, dès qu'il rentre en gare à Narva, tandis que les gars de la police des frontières contrôlent les papiers, moi je passe au peigne fin au moins la voiture où a été tué le gros lard.

– Tu vas pouvoir conduire tous ces kilomètres sans t'endormir ?

– Comme tu dis, les nouvelles affaires me tiennent éveillé et, en plus, je suis aussi shooté au Modafinil. Il ne me reste plus qu'à te voir nue, et mes yeux pèteront la forme !

– Ne plaisante pas, je m'inquiète pour toi.

– Si je suis trop fatigué, je m'arrêterai dormir à Narva.

– Ça me paraît une bonne idée. Ne prends pas de risques. En revanche, demain, rentre tôt et tâche d'être en forme : Nikolas fait une sortie scolaire pendant deux jours, et j'envisageais de m'installer dans ta douche.

Ils terminèrent leur repas et, en se saluant très civilement, ils s'envoyèrent des baisers des yeux, en remettant au lendemain les effusions plus explicites.

Le commissaire trouva sur son bureau une pochette à la couleur sans équivalent : celle des dossiers criminels instruits durant la première moitié des années 1990, juste après l'indépendance. Sans doute pour en finir avec le rouge soviétique des décennies précédentes et avec le gris de la bureaucratie, les dirigeants de la toute nouvelle Eesti Politsei avaient commandé des milliers de pochettes orangées où consigner les renseignements sur tous ceux qui, d'une manière ou d'une autre, faisaient l'objet d'une enquête. Les raisons d'une fourniture aussi massive pouvaient s'expliquer de différentes façons. D'abord, l'obsession pour le fichage des personnes n'avait pas disparu avec la chute du communisme. Ensuite, on prévoyait que, tôt ou tard, toute la population estonienne ferait l'objet d'enquêtes. Tertio : un haut placé était l'ami du propriétaire d'une usine de papier. La troisième hypothèse se révéla la plus crédible lorsque, en 1996, les pochettes vert fané remplacèrent les orangées, bien que le stock de ces dernières fût loin d'être épuisé : pendant des années, les enfants et petits-enfants des policiers estoniens avaient protégé leurs dessins, collectionné leurs figurines, réalisé leurs collages avec les immortelles pochettes orangées.

Mais ce qui se détachait du bureau de Kurismaa provenait évidemment des archives de la police judiciaire. Ce lieu confirmait tous les vieux clichés. Marko y mettait les pieds le moins souvent possible. Ces enfilades de rayonnages, le manque de lumière naturelle, la poussière et l'odeur de papier moisi lui inspiraient une tristesse infinie, surtout à l'idée que, si sa narcolepsie était découverte, sa carrière pourrait s'achever dans cet antre, sans doute comme directeur, mais directeur d'un cercle de *L'Enfer* de Dante.

Sur la pochette, dans une belle calligraphie respectant les lignes imprimées à cet usage, un archiviste consciencieux avait écrit le nom d'Igor Semenov, signe que le mort avait eu affaire à la justice entre 1991 et 1996. En examinant son contenu, le commissaire s'aperçut cependant que le dossier de la victime se réduisait à trois volets encore dactylographiés, où l'on émettait l'hypothèse, en 1993, d'un délit de corruption d'un officier ministériel. Le tout se concluait par un non-lieu : affaire classée, circulez. À vrai dire, une deuxième pochette, plus légère, de bristol violet, avait été insérée à l'intérieur de la première par quelqu'un qui avait manifestement joué avec l'agrafeuse, à en juger par le nombre de points d'attache. Kurismaa l'ouvrit, elle était vide, mais à un moment donné, impossible à déterminer, elle avait dû contenir des feuillets dont il ne restait plus que des fragments autour des agrafes : on les avait arrachés et escamotés.

Les archives, d'ordinaire si fécondes en notes, idées, souvenirs, s'étaient cette fois révélées inutiles, ou presque. Le commissaire espéra que la chemise qui complétait le dossier, celle qui avait été préparée à la hâte par les inspecteurs, était plus intéressante. Il prit le tout, le glissa dans son sac à dos et se prépara à sortir.

7

Il n'avait même pas songé à appeler un taxi. En plus d'affronter toute la filière administrative, il devrait aussi prévoir son retour chez lui de nuit. Aussi était-il rentré et avait-il remis en marche sa vieille Lada Zhiguli de 1976. Pourquoi la changerait-il ? Son vert bouteille, affadi par la patine des ans, n'était plus à la mode ? Elle atteignait à grand-peine les cent dix kilomètres heures ? Dans un pays où la vitesse était limitée presque partout à soixante-dix kilomètres heure, les cent dix offraient un mirage suffisant. Elle n'avait pas la climatisation ? En tout cas, elle avait le chauffage puissant des voitures russes, bien mieux que l'air conditionné. Et puis, dans l'hiver estonien, il vaut mieux un mulet qu'un jaguar !

Il conduisait depuis quarante minutes et il était quatre heures de l'après-midi. La route, à peine saupoudrée de neige, s'éclairait, de même que la forêt tout autour. À une certaine heure, tout de suite après le crépuscule, la neige s'illumine et devient beaucoup plus claire que dans la journée. C'est une magie transitoire, éphémère comme une aurore boréale, mais qui offre au conducteur des instants de grâce. Dans cette blancheur, même une Lada d'avant la perestroïka prenait des allures de vaisseau spatial. Or, sur le trajet, bien peu d'éléments le ramenaient à la réalité. Les feux de quelque autre voiture, assurément, sauf qu'ils étaient aussi rares que des chutes de météorites ; les lumières d'une ferme, mais lointaines, perdues dans la campagne silencieuse : de Tallinn à Narva, le long de la nationale, on ne rencontrait quasiment pas de villages.

Quand la neige s'éteignit à son tour, le monde devant la Zhiguli se réduisit au cône lumineux des phares : vingt, trente mètres de réalité et le néant autour, étant donné que seule une dose irrationnelle de confiance pouvait laisser penser que les bouleaux, les lynx, les renards et tout le reste étaient demeurés à leur place, au lieu de se dissiper avec le jour.

Après un peu plus d'une heure, la neige recommença à tomber, épaisse, lourde, et les chasse-neige, animés dans la capitale d'un zèle exagéré pour débarrasser le pavé du moindre flocon, manquaient cruellement ici, en province . Les pneus de la voiture laissaient deux sillons aussitôt comblés de blanc, rendant au manteau son état virginal. Un instant, Marko se dit que s'il avait pu voir sa voiture d'en haut, comme dans un plan aérien de film, cette image aurait été le symbole d'une solitude infinie.

Les derniers kilomètres furent rythmés par les essuie-glaces actionnés à plein régime.

Il fit son entrée à Narva vers dix-neuf heures, avec une heure d'avance sur l'horaire d'arrivée du train. La topographie élémentaire de la petite ville ne posait pas de problème d'orientation. À partir d'un unique grand rond-point rayonnaient les rues vers les rares centres d'intérêt : la gare, la frontière russe, la mer. Il prit la première sortie et, au bout de deux cents mètres, il arrêta son véhicule sur l'esplanade devant la gare. Débarrassée de la neige à l'extérieur. Débarrassée du gel à l'intérieur, dans le hall d'entrée. Pas une âme qui vive. Pas une âme morte, n'en déplaise à Gogol. Les guichets de la billetterie étaient clos par des volets en bois cloutés. Le grand panneau d'affichage aux lettres mobiles indiquait, en cyrillique, les destinations de trains qui ne passaient plus par là depuis deux décennies. Plusieurs lignes d'information étaient restées à moitié bloquées, comme si un tremblement de terre ou un attentat avait coupé le courant juste au moment où les horaires étaient réactualisés. Mais aucun accident, aucun séisme ne s'était produit : seulement l'incurie et l'abandon. Les raisons pour faire circuler un train depuis Narva s'étaient réduites au fil des ans, jusqu'à disparaître. En dehors de l'express de la GoRail pour Saint-Pétersbourg et de celui pour Moscou, seuls des trains de marchandises continuaient à crisser sur les rails de cette ligne, rares et lents comme les gestes d'un vieillard.

Contrastant avec l'enduit décrépi et la désolation générale, une espèce de box en tubulures métalliques et en toile jaune et bleu portait l'inscription GoRail. Marko imagina, à l'abri du départ des trains depuis et pour la Russie, une jeune employée, emmitouflée dans sa doudoune, vendant des billets à ceux qui ne les avaient pas achetés en ligne. Un ordinateur portable et une mini-imprimante remplaçaient avantageusement les bureaux et les dizaines d'employés que l'édifice délabré avait abrités avec fierté jusqu'à la fin du XXe siècle.

Plus haut, toutefois, Marko aperçut un autre petit signe de grande modernité : quatre caméras, une à chaque angle du hall, surveillaient depuis le plafond tout ce qui advenait là-dessous. C'est bien ce qu'il espérait, et c'était un des motifs pour lesquels il s'était tapé tous ces kilomètres sous la neige : mettre la main le premier sur les enregistrements de la veille était capital.

L'horloge sur le mur du fond indiquait 13h32, sans préciser de quel jour ni de quelle année ; la montre du commissaire proposa une indication plus fiable : 19h16. Une bonne demi-heure pour trouver quelqu'un qui lui dise comment visionner ces enregistrements, si possible sans qu'il réclame avec trop de pédanterie le mandat d'un juge ou quelque autre autorisation.

Il prit le trottoir du premier quai. Des lumières pâles, une atmosphère de films d'espionnage des années 1940. Même les portes qui autrefois regardaient passer les trains étaient désormais condamnées, fermée par les mêmes planches utilisées pour la billetterie. Une seule, dotée récemment d'un cadre en aluminium et en verre, paraissait donner accès à un semblant de bureau où, dans l'obscurité, resplendissait le bleu de l'écran cathodique d'un ordinateur. Marko tourna la poignée, puis secoua le battant : deux coups discrets, trois autres plus énergiques. Fermée. En revanche, au fond de la pièce, depuis une porte entrebâillée, jaillit le rai d'une lumière soudaine. Il s'élargit. Un éclair de néon. De derrière les vitres, le visage d'un homme ensommeillé le fixa.

Marko montra sa carte.

L'homme essaya d'effacer aussitôt son air éberlué, conscient que rien n'effacerait les relents d'alcool de son haleine.

– Vous êtes le chef de gare ?

Sans répondre, l'homme décrocha du portemanteau sa casquette à visière où figurait un ornement en forme de locomotive; on y distinguait encore la piqûre qui fixait autrefois l'étoile rouge. Il se la campa sur la tête et prit un air solennel.

Kurismaa ne s'embarrassa pas de préambules :

– Je voudrais voir les enregistrements des caméras vidéo du hall.

Le visage du cheminot perdit son air solennel ; sans la carte de la police criminelle estonienne, il aurait certainement éclaté de rire. Il se contenta de ce regard de commisération qu'on réserve aux ingénus de bonne foi :

– Ces caméras sont factices. On les achète au supermarché, cinq euros pièce.

– Pour en faire quoi ?

– Demandez ça à l'administration. Moi, j'avais réclamé un système de vidéosurveillance, parce que, tout seul, je ne peux pas m'occuper du trafic, des équipements, des voleurs et des vandales. Ils m'ont répondu que ça coûtait trop cher et que quatre appareils en plastique seraient suffisamment dissuasifs. Un jour, ils diront que moi aussi je coûte trop cher et ils me remplaceront par un mannequin grimé en cheminot.

On aurait dit un soldat japonais resté seul pour tenir, après la guerre, un avant-poste perdu dans le Pacifique.

Kurismaa adapta ses questions aux règles d'un monde pré-technologique :

– Hier soir, avez-vous vu les voyageurs qui sont montés dans le 810 ?

– Bien sûr. Ils étaient si peu nombreux que j'ai pu les compter. Cinq.

Marko sortit, de la poche interne de sa parka, la liste des voyageurs.

– Là, il est écrit qu'ils étaient six.

– Quelqu'un a peut-être réservé sur Internet sans finalement se présenter: ça arrive. En tout cas, j'en suis sûr: ils étaient cinq.

Marko restait perplexe, traversé plus par une sensation que par une pensée rationnelle. Il avait l'impression que ce passager manquant était la clé de lecture du meurtre, mais, si on lui avait demandé pourquoi, il n'aurait pas su l'expliquer. Ni davantage pourquoi les passagers montés à Narva l'intéressaient plus que ceux montés ailleurs. Le seul élément en faveur de cette curiosité particulière était le fait que, jusqu'à cette gare, Igor Semenov s'était levé pour aller boire au bar: s'il avait déjà eu avec lui la bouteille de Vana Tallinn, pourquoi aurait-il dû payer pour boire?

Le raisonnement était irréprochable, mais il proposait un scénario bien flou. L'empoisonneur pouvait avoir effectué tout le trajet depuis Saint-Pétersbourg et n'être entré en action qu'une fois passé en territoire estonien. Pourquoi donc?

Mais, d'ailleurs, quel sens cela avait-il de se poser certaines questions?

Il ne savait pratiquement rien sur la victime, ses affaires, ses trafics. Qu'attendait-il de ces enregistrements vidéo inexistants? Voir un type au crâne rasé, cicatrice sur la joue, tatouage sur le cou, tenant à la main une bouteille de Vana Tallinn avec le symbole du poison sur l'étiquette? Et pourtant, l'enquête, toute enquête, était une oscillation continuelle entre l'espoir d'un coup de chance et le patient recueil d'éléments sans importance. C'était la métaphore du puzzle dont on avait perdu la boîte et qu'il fallait reconstituer, non à partir d'une photo, mais de la projection de différents scénarios. Combien ? Mais…

Sans doute distrait par l'inanité de ces réflexions, Kurismaa oublia les questions qu'il aurait dû poser. Il ne demanda qu'une chose :

– La police des frontières ?

– Là-bas.

Pointant le menton en direction de la Russie, le cheminot désignait un modeste préfabriqué aux fenêtres faiblement éclairées.

– Merci. À votre avis, le 810 de ce soir sera-t-il à l'heure ?

– Voire en avance. Il est arrêté à Ivangorod depuis une demi-heure pour les contrôles douaniers. Il devrait en repartir à 19h51 et arriver ici six minutes après.

Seulement six minutes, se dit Kurismaa, six minutes séparaient deux mondes qui, autrefois, en formaient un seul, maintenu solidement par l'autoritarisme arrogant du pouvoir.

– Et ici, chez nous, combien de temps durent les contrôles ?

– Une autre demi-heure.

Il devrait faire vite pour examiner la voiture.

– Alors à tout à l'heure, à l'arrivée du train.

Le cheminot exécuta un grotesque salut militaire.

Sans l'abri de l'auvent en tôle, la neige sur le trottoir formait à présent une couche plutôt épaisse. Marko ne s'en soucia pas trop; ses chaussures de marche nordique étaient chaudes et imperméables. Les semelles quadrillées laissèrent des empreintes nettes et bien séparées : une centaine.

Lorsqu'il toqua à la porte, les policiers à l'intérieur le regardèrent, ennuyés, à travers les vitres. Ils étaient quatre, assis aux quatre coins d'un bureau métallique. L'un d'eux se leva tandis qu'un autre jetait précipitamment un journal ouvert sur le plan.

Marko comprit d'emblée et se réjouit : il n'aurait pas besoin d'insister beaucoup pour obtenir leur collaboration.

– Commissaire Kurismaa, de la police criminelle, annonça-t-il dès qu'on lui ouvrit, avant de poursuivre : désolé d'avoir interrompu votre partie, mais, à en juger d'après le tas de fric que cache cet exemplaire de *Eesti Päevaleht*, vous aurez sûrement envie de la reprendre plus tard.

– Excusez-nous, commissaire, mais ce n'est pas ce que vous croyez…, bredouilla l'un des attablés.

– Ne t'en fais pas. Moi, je ne crois jamais à ce qu'il y a dans le journal, alors tu penses bien que, pour ce qui est dessous…

– Vous n'allez pas faire un rapport ?

– Je déteste taper à la machine.

– Au central, vous n'avez pas encore d'ordinateurs ? demanda un autre, sérieusement.

Ses collègues l'incendièrent du regard, et Kurismaa décida que ce n'était pas la peine de gaspiller son ironie :

– Hier soir, dans le Saint-Pétersbourg-Tallinn, un passager a été assassiné en première classe. Il a été empoisonné, et j'ai de bonnes raisons de croire que l'empoisonnement a commencé ici même, à Narva.

– Vous voulez dire que l'assassin est monté ici ?

– Pas forcément. Je pense seulement qu'il a agi une fois le train passé en territoire estonien.

Tous les quatre le regardaient à présent avec attention. Il poursuivit :

– La victime est un Russe. Il s'appelait Igor Semenov…

– Le gros lard toujours bourré, s'exclama le plus âgé, qui, à en juger aux galons, devait être aussi le plus haut gradé.

– Je vois que tu as une bonne mémoire.

– Ici, on voit passer quatre trains par jour. Les voyageurs habituels, au bout d'un moment, on les connaît tous.

– Te souviens-tu aussi dans quel état il était hier soir ?

– Le même que d'habitude.

– Mais était-il lucide ?

– Oui. Je lui ai demandé son passeport, et il me l'a montré, je n'ai pas eu besoin de le secouer ni de parler plus fort.

– Y avait-il quelqu'un d'assis à côté de lui ?

– Non, le siège était vide.

– As-tu remarqué s'il y avait une bouteille sur ce siège ?

– Ça, je n'en sais rien.

L'homme sans humour qui, après les clins d'œil réprobateurs de ses collègues, s'était comme éteint, sembla se réveiller :

– Moi, je l'ai vue. Une bouteille de Vana Tallinn.

– Qu'est-ce que tu foutais en première, toi ? l'apostropha le plus âgé. Tu ne devais pas contrôler la seconde ?

L'autre rougit, et ce n'est qu'à cet instant que Kurismaa s'aperçut qu'il s'agissait d'un très jeune homme, une victime idéale des vexations de ses supérieurs ; qui sait si les parties de cartes n'étaient pas le moyen le plus rapide pour le dépouiller de son argent ?

– Oui, j'ai bien contrôlé la seconde, mais après je suis allé dans la voiture-bar.

– Pourquoi ? insista le chef.

Son visage devint un poêle à charbon surchauffé.

– Pour dire bonjour à l'hôtesse.

– Lena Smuul ? intervint Marko.

– Son nom de famille, je ne le connais pas, mais elle s'appelle bien Lena.

– Que sais-tu à son sujet ?

– Rien, je la croise et…

Kurismaa s'impatienta :

– Et quoi ?

– Et de temps en temps je m'arrête pour bavarder avec elle.

– Bon, tes amours on s'en fiche. Tu n'es plus chez les pionniers avec le foulard rouge autour du cou…

– Chez qui ?

C'est vrai, les pionniers étaient des souvenirs du siècle précédent.

– Chez les pionniers, les boy-scouts, chez qui tu voudras. Moi, je veux juste savoir si tu penses qu'il puisse y avoir quelque lien entre Lena Smuul et le meurtre, vu que, en ce moment, Lena Smuul est bouclée dans un sous-sol, au n° 52 rue Tööstuse.

Le rougissement de son visage laissa place à une pâleur cadavérique. Ce jeune policier avait le système circulatoire le plus réactif et le plus instable de toute l'aire balte.

– Lena est incapable de faire quoi que ce soit, c'est une fille très douce.

Ce n'est pas de cette bouche qu'il entendrait la vérité sur l'hôtesse. Il en revint à la bouteille.

– Comment se fait-il que tu te souviennes aussi bien du Vana Tallinn ?

– Parce que, quand je bavardais avec Lena, le train a eu une brusque secousse.

– Il est reparti ?

– Non, il ne s'est déplacé que de quelques mètres, mais j'ai failli tomber, alors j'ai dû m'agripper au siège proche du bar et c'est là que j'ai aperçu la bouteille. Je me suis même demandé pourquoi Semenov s'achetait du Vana Tallinn en Russie pour l'emporter à Tallinn.

– Il pouvait l'avoir transporté depuis l'aller.

– Sur le bouchon, on voyait encore le pion fiscal. Avec un poivrot comme Semenov, les bouteilles ne restent pas bouchées longtemps.

– Si en un clin d'œil tu as aussi bien vu la bouteille, la fille, tu as dû lui faire une radiographie complète !

L'autre baissa les yeux.

Kurismaa fouilla dans ses papiers jusqu'à ce qu'il trouve les noms des passagers qui, selon les vérifications de Kaspar, avaient des précédents judiciaires. Il les lut à voix haute :

– Youri Kuznetsov, Nikolaï Podgorny, Hillar Sirp.

C'est le chef qui répondit :

– On les connaît tous les trois. Celui qu'on voit souvent, c'est Podgorny.

– Vous savez quelle est sa spécialité, n'est-ce pas ?

– Oui. Les DVD avec des petites putes russes qui se font monter comme des meubles Ikea.

L'image était haute en couleurs, mais il était certain que, si Kristina avait entendu son collègue parler de la sorte, elle l'aurait immédiatement dénoncé à la commission disciplinaire. Et à juste titre.

– Vous ne l'avez jamais pincé avec sa marchandise dans la valise ?

– Une fois, il y a longtemps, ensuite il a dû trouver le système pour passer ses saloperies autrement.

Kurismaa suspecta que les DVD continuaient à voyager à bord du train et que, de temps en temps, un ou deux sortaient de la valise à Ivangorod et à Narva pour rendre moins ennuyeuses les longues heures d'attente des gardes-frontières. Malgré cela, il espéra que, face à un meurtre, le pot-de-vin d'un peu de pornographie ne gênerait pas trop la justice.

– Vous n'avez jamais vu Podgorny parler avec la victime ?

– Non, répondirent-ils en chœur.

– Et qu'avez-vous à me dire sur Hillar Sirp ?

Les trois subalternes se tournèrent vers leur chef.

– Moi, je n'apprécie pas trop les types avec des blousons en cuir et des tatouages, et il a dû le remarquer.

– Il passe souvent ?

– Ça dépend. À certaines périodes, une fois par semaine, à d'autres, entre deux voyages il peut s'écouler des mois. C'est un putain de querelleur.

– A-t-il des contacts avec Semenov ?

– Il y a deux semaines, il s'est engueulé avec lui aussi.

– Sous vos yeux ?

– Sirp l'a sûrement fait exprès pour me narguer. Semenov était bourré comme d'habitude et il l'a bousculé, alors lui il l'a étranglé.

– Et le Russe n'a pas réagi ? Il me semble assez costaud pour ne pas se laisser dominer par le premier venu.

– Le Russe n'était qu'un gros plein de soupe, Sirp est une montagne de muscles : on dirait le frère jumeau d'Alexander Zaldostanov[4]. J'ai dû lui coller le canon froid de mon pistolet sur la nuque pour le forcer à lâcher prise.

– Et tu ne l'as pas arrêté ?

– C'est Semenov qui m'en a empêché, sous prétexte que, entre hommes, on règle les comptes sans les flics.

– Et toi tu fais toujours ce que les autres te disent ?

Kurismaa s'était montré volontairement désagréable, mais l'autre lui répondit sur le même ton :

– Je fais ce que veut la loi, mais de temps en temps j'y ajoute un brin de bon sens et, en l'occurrence, le bon sens m'a dit que si je l'avais envoyé à l'ombre, deux jours après les juges l'auraient remis en liberté.

4. Alexander Zaldostanov est le leader des Loups de la nuit, un groupe de motards russes ultra-nationalistes qui, d'après certains observateurs, représente un des « soutiens armés » de la politique de Poutine. C'est en outre un fervent partisan de l'Église russe orthodoxe.

En revanche, si Semenov s'en était occupé, je n'aurais probablement plus eu besoin de demander ses papiers à ce connard. Pourquoi faire supporter un procès et une incarcération au contribuable estonien, quand on peut obtenir un bien meilleur résultat avec un petit coup de pouce russe ? C'est une façon comme une autre de rééquilibrer les comptes ; je parie que même Angela Merkel serait d'accord.

Il était devenu insolent, mais, pour la première fois, il s'était trahi. À l'évidence, il connaissait de la victime des aspects qui allaient au-delà de l'obésité et de l'addiction à l'alcool.

– Qu'est-ce qui te fait croire que Semenov était un mafieux ?

– Je n'ai pas dit ça.

– Arrête de te foutre de moi. Même si tu passes ta vie à contrôler des passeports dans ce trou du cul glacé, tu restes un policier et moi je suis ton supérieur. Ne m'oblige pas à en venir aux menaces.

Ils se regardèrent quelques instants, sans un mot, puis l'un des deux baissa les yeux, et ce ne fut pas Kurismaa.

– Tu te rappelles ces chauffeurs routiers qui croient pouvoir conduire même en état d'ébriété, parce qu'ils exercent ce métier depuis toujours ? Eh bien, Semenov était de ce genre-là. Il croyait pouvoir faire son boulot même bourré. Et son boulot, c'était les affaires. Ainsi, il parlait à voix haute, dans son portable, à ses associés russes.

Il prononça le mot « associés » sur un ton qui ne laissait aucune place pour le doute, mais Kurismaa insista :

– Il menait ses trafics tordus au grand jour ?

– Cette fois, c'est toi qui refuses de comprendre. Il est clair qu'il ne disait pas « il faut soudoyer Machin » ou « on doit buter Chose », mais, si tu sais interpréter certains demi-mots, tu vois très bien comment se comportent les types de ce genre. Et tu sais aussi qu'ils n'ont peur de rien. Tant qu'ils ne dérangent pas un plus gros poisson et qu'aucun mandat international n'est pas lancé, la justice d'ici ne se mêle pas de ce qu'ils fabriquent de l'autre côté ; un type comme ça peut même hurler dans son portable qu'il a égorgé un trafiquant concurrent à Novgorod ou à Volgograd…

– Tu as raison. Une dernière question, et je vous fous la paix. Avez-vous remarqué un truc bizarre chez les passagers qui sont montés à Narva ?

Pour toute réponse, Marko obtint des moues de dénégation. Une fois de plus, c'est le gradé qui parla :

– Personne de bizarre, et personne que je connaisse, à part M. Veiman.

– Tu connais Paul Veiman ?

– Même si je contrôle des passeports dans ce trou du cul glacé, je suis un flic, et si je ne connaissais pas Paul Veiman, ce serait comme si un curé ne connaissait pas le pape.

Touché !

– Et puis, cher commissaire Kurismaa, je n'ai pas toujours été dans ce trou du cul, et je n'ai pas toujours été un type qui monte dans les trains en criant « Vos papiers ! ». Parfois, il suffit d'un rien pour dire adieu à la grande ville et à une belle carrière : une erreur, une bêtise à cause d'une femme, une maladie…

Deuxième estocade, involontaire : personne ne savait pour sa narcolepsie, et pourtant…

Marko changea de sujet :

– Tu le vois souvent ?

– Quand il est parti à la retraite, il s'est payé une petite maison au bord de la mer, ici à Narva-Jõesuu. Je crois qu'il y est plus souvent qu'à Tallinn.

– Je ne le sav…

Le sifflement du train étouffa les mots dans la bouche du commissaire.

Les gardes-frontières enfilèrent leurs anoraks réglementaires et sortirent de conserve.

Tous quatre se disposèrent le long du quai selon un ordre rodé et Kurismaa resta près des deux plus anciens pour se trouver tout de suite à la hauteur de la première classe.

Un crissement de freins. Un chuintement de portes qui s'ouvraient.

Du train descendirent deux personnes seulement, qui s'éloignèrent à la hâte, frissonnantes. Les policiers montèrent et Marko leur emboîta le pas, pour que les passagers le prennent lui aussi pour un garde-frontière et qu'ils ne se méfient pas ; Kalio avait été catégorique : l'inspection ratée du train devait rester un secret.

Il se dirigea aussitôt vers les deux sièges à côté du bar. Par chance, ils étaient vides, comme d'ailleurs la plupart des places. Les trois ou quatre voyageurs présents dans la voiture affichaient un air contrit : cette heure d'arrêt pour les contrôles à la frontière embêtait tout le monde.

Sans trop se soucier d'être remarqué, il se mit à explorer de la main la surface en skaï des sièges. Les gants en cuir qu'il portait à cause du froid lui donnaient l'illusion de ne pas trop contaminer la scène du crime, comme si une empreinte ou une trace pouvait survivre aux produits de nettoyage des agents d'entretien ou aux frottements des fesses de ceux qui, peut-être, s'étaient assis là depuis.

Sur la housse blanche qui recouvrait l'appuie-tête près de la fenêtre, il repéra quelques cheveux.

On tenait l'analyse du cheveu pour déterminante dans les cas d'empoisonnement. Allez savoir si c'était vrai.

Avant de quitter le commissariat central, il avait alerté les collègues de la Scientifique : ils devraient tout examiner dès l'arrivée du train à Tallinn, dès qu'il se serait définitivement vidé.

Rien d'autre n'attira son attention. Les cendriers et les poubelles étaient nettoyés. Par terre, sur le revêtement de caoutchouc, un peu de boue. Dans le monde merveilleux de la télévision, même le plus balourd des scientifiques légistes en aurait déduit le lieu de provenance de l'assassin, son nom, sa dernière adresse connue et la marque du caleçon qu'il portait lors du crime. Mais là, dans la grise réalité de la gare de Narva, la boue ne parlait pas et, probablement, elle n'en aurait pas dit davantage aux experts de Tallinn. Cependant, lorsqu'il enfila sa main gantée dans la fente entre les deux sièges, Marko sut qu'il n'avait pas fait le voyage pour rien. Il sentit quelque chose de consistant et de flexible qui s'était encastré dans cet endroit caché au regard. Il essaya de le faire glisser vers l'avant, mais l'objet opposa la résistance molle que seuls les tickets de parking savent opposer quand, face à la barrière de la sortie, vous essayez de les récupérer lorsqu'ils sont tombés entre le siège du conducteur et celui du passager.

Il en avait à présent des fourmis dans la main ; il la retira de la fente et regarda l'heure : plus que dix minutes avant que le train reparte.

Il ôta son gant : tant pis pour les empreintes. Mais, même de la sorte, il n'arrivait qu'à peine à frôler, de la pointe du doigt, ce qui, au toucher, se révélait être un petit carton.

Un angle. Voilà, en faisant levier…

Rien à faire.

Cinq minutes.

Une idée.

– Mademoiselle, dit-il à l'hôtesse du bar qui, curieusement, semblait la jumelle de Lena, voudriez-vous me rendre un service ?

– Dites-moi.

– J'ai un truc qui a glissé entre les deux sièges, mais je n'arrive pas à l'attraper. Peut-être que vous, avec vos mains fines, vous y arriverez.

– Je vais essayer, répondit-elle aimablement.

Elle contourna son comptoir et alla se pencher sur l'endroit exact où, la veille, un homme obèse et soûl avait trouvé la mort.

– Voilà, monsieur, votre ticket.

Kurismaa prit le carton que la jeune fille lui tendait. C'était une sorte de carte postale, avec un trou dans un angle où passait un petit ruban rouge. Y figuraient le logo de la compagnie ferroviaire et une courte phrase :

« Avec les compliments de la GoRail. »

– Vous en avez déjà vu, de ces cartes ? demanda-t-il à l'hôtesse.

– Non, monsieur.

– On dirait une de ces cartes qui accompagnent les cadeaux des hôtels. La GoRail fait-elle des cadeaux à ses voyageurs ?

– Pas à ma connaissance.

– Réfléchissez bien.

– Mais non, je n'ai jamais entendu parler de cadeaux.

À ce moment-là, le gradé lui tapa sur l'épaule :

– Il faut descendre. Le train repart dans deux minutes.

Kurismaa sortit de sa poche son portefeuille, en tira une carte de crédit qu'il tendit à la fille.

– Tenez ça cinq secondes, puis rendez-la-moi.

Elle saisit la carte sans comprendre et, l'instant d'après, la restitua à son propriétaire. Le lendemain, ses empreintes sur la carte de crédit serviraient à la Scientifique pour identifier ou exclure celles qu'elle avait laissées sur le ticket récupéré entre les sièges.

Dès que le commissaire fut descendu, le chef de gare siffla et le train s'ébranla.

– Vous avez trouvé quelque chose ? lui demanda le gradé quand le vacarme du train se fut éteint au loin.

– Peut-être.

– C'est sûr, vous n'allez pas le dire à quelqu'un qui contrôle les passeports.

Marko tendit la main et, en manière de salutation, dit :

– Désolé.

L'autre la lui serra et se dirigea vers le préfabriqué, tandis que le chef de gare, sur le seuil de son réduit, réitérait d'un air martial le geste de la main tendue sur la visière de sa casquette.

Bientôt le silence fut absolu. Marko Kurismaa se retrouva seul, sur le quai d'une gare déserte. Il pensa de nouveau à une image aérienne, avec le champ qui s'élargissait et lui qui devenait un point de plus en plus infime.

Sur l'esplanade, à côté de la sienne, une deuxième voiture était garée. Le coffre arrière était ouvert et, en s'approchant, il vit qu'une fille dans les vingt ans était en train d'y placer une petite valise. Il eut une intuition :

– Excusez-moi, c'est vous qui tenez la billetterie de la GoRail ?

– Oui.

Tant mieux. Il avait complètement oublié d'aller la trouver. Il exhiba sa carte et entama sa rengaine.

– Étiez-vous de service aussi hier soir ?

– Oui. Je travaille tous les jours.

– Avez-vous remarqué quelque chose de bizarre parmi les passagers en partance pour Tallinn ?

– De bizarre, je dirais non, vu que désormais je n'y fais plus attention. J'ai essuyé les insultes habituelles.

– De la part de qui ?

– D'une femme qui n'avait pas ses papiers. Les gens ignorent les nouvelles règles et insistent pour que je leur donne leur billet quand même, alors qu'ils doivent me montrer leur carte d'identité, que je dois photographier avec mon portable, et ce n'est qu'après cela que je peux leur donner leur billet. Pas de papiers, pas de billet. La faute en est à tout ce terrorisme, certainement pas à moi, sauf que, si je déconne, je perds mon job.

– Et finalement qu'a-t-elle fait, cette femme ?

– Elle est repartie en me maudissant en russe.

– Combien étaient-ils, les voyageurs ?

– Aucune idée. Moi, j'ai vendu trois billets, mais ceux qui ont déjà leur réservation ne passent pas par moi.

– Je vous remercie.

– De rien.

Avant de monter dans sa Lada, il déblaya des mains la neige du pare-brise et de la vitre arrière. Peine perdue : sur les vitres s'était formée, sous la neige, une couche de glace qui les rendait opalines. Avec le froid qui régnait, il aurait fallu une éternité pour les gratter avec la raclette en plastique. Il préféra s'enfermer à l'intérieur, mettre le moteur à tourner et activer le dégivrage. Quand les vitres eurent retrouvé leur transparence, le panorama alentour lui sembla d'une tristesse insoutenable. De toutes les villes d'Estonie, Narva lui paraissait la plus sombre : une motte de terre de Russie soviétique abandonnée derrière la frontière. Autrefois, à la télévision, il avait entendu un comique dire : « Les Soviétiques ont rasé Narva en 1944, l'ennui c'est qu'ensuite ils l'ont reconstruite. »

Il fut tenté de repartir pour Tallinn, mais la voix de la raison lui dit qu'il était trop fatigué et que du ciel tombait trop de neige. Ce qui le convainquit le plus, cependant, ce fut la voix de son estomac : il avait trop faim.

Il enclencha la première et se mit en route. En regardant vers le haut, les fenêtres des barres d'immeubles montraient de sinistres cuisines éclairées par de faibles et froides lueurs de néons. En bas, les rares enseignes étaient éteintes. Pas un restaurant, pas un café. Il parcourut méticuleusement l'austère réseau des rues à angle droit : rien, seulement les silhouettes de vieilles Lada, identiques à la sienne, que la neige avait arrondies.

À force d'errer, il se retrouva sans trop savoir comment sur la place frontalière. Là, enfin, il dénicha un café ouvert.

Il se gara et regarda un instant la file de véhicules et de gens qui attendaient pour passer la frontière.

Si, dans le reste de la ville, les lampadaires éclairaient à peine le tourbillon de la neige par de pâles sphères de lumière jaunâtre, là, à la douane, d'énormes projecteurs de stade créaient une lumière du jour qui blessait les yeux et qui mettait à nu, sans pitié, la misère des autobus Ikarus à la queue leu leu et celle de leurs passagers. Des matrones russes, leur béret en laine vissé sur les yeux, les jupes longues jusqu'aux chevilles, d'où dépassaient des pieds enfilés dans des godillots militaires trop grands, remplis de chaussettes en laine : une paire, sur une autre, sur une autre encore. Deux cabas chacune, chargés de ce qu'on ne trouvait pas encore de l'autre côté de la frontière, ou qu'on ne trouvait plus, à moins de vouloir aller jusqu'à Saint-Pétersbourg. Des hommes, anoraks râpés et maculés de gras, des chapkas moches qui feraient le bonheur de quelque antiquaire, des valises en toile maintenues ensemble par une corde : le retour dans le giron de la Sainte Mère Russie au bout de plusieurs mois de travail au milieu des merveilles de l'Union européenne. Si l'on regardait attentivement la file lente, on pouvait oublier qu'à quelques centaines de kilomètres de là, vers l'est ou vers l'ouest, il existait des managers en cravate et des centres commerciaux rutilants. Si l'on regardait fixement l'humanité qui traversait le pont sur la Narva pour entrer dans Ivangorod, on pouvait penser que des mots comme perestroïka ou glasnost, de ce côté, n'avaient jamais rencontré d'écho. Tous ces gens, en colonne muette, lui évoquèrent des forçats dans un camp de travail; il revit alors son père, mais il en chassa l'image d'un geste instinctif de la main, comme lorsqu'on vire une mouche agaçante.

Il traversa la place et entra dans le café. Il était plein, mais étonnamment silencieux. Une seule femme derrière le zinc, aucune parmi les clients.

– Vous auriez de quoi manger ?

La femme fit mine de ne pas comprendre et, en russe, elle demanda à Kurismaa ce qu'il désirait.

Obstiné, il répéta sa question en estonien, en haussant un peu la voix. Sans même se retourner, il sentit les regards lui transpercer le dos et de nouveau il eut l'impression de revenir trente ans en arrière. Peu importait si la loi, aujourd'hui, lui permettait de faire comme si le russe était une langue inconnue, si en théorie c'étaient les russophones purs qui devaient se justifier: la guerre n'était pas terminée et ici, comme en Ukraine, on était encore prêt à se battre pour la sonorité d'un mot. La serveuse avait très bien compris son intention et, lui, il aurait pu tranquillement commander en russe, mais il y avait trop de témoins pour que l'une ou l'autre des deux parties capitule.

Marko se tourna vers la salle. Personne ne buvait plus, ni ne jouait plus aux cartes, ni ne parlait plus à voix basse comme l'instant d'avant : tous attendaient. Comme dans un film avec John Wayne, Marko aurait voulu dégainer son pistolet et demander si quelqu'un avait quelque chose à dire. Il se contenta de bien moins que cela.

– Vodka, please.

Et dans la salle régna la « pax americana ».

En sortant du café, Kurismaa repensa à la boutade du comique : les Soviétiques ont rasé Narva en 1944, l'ennui c'est qu'ensuite ils l'ont reconstruite. Le pire, ajouta-t-il pour lui-même, c'est qu'ils l'ont aussi repeuplée avec la lie de toutes les Russies.

De nouveau sa haine pour l'endroit se fit sentir : « Retourne chez toi, les termites sont en train de ronger complètement ta maison. »

À la voix de son âme répondit celle du vent, comme dans les contes sibériens, mais moins châtiée : « Putain de retour, tu vas finir dans le décor avant cinquante bornes. » Celle de l'estomac, pâteuse mais non calmée par la vodka, servit de contre-chant : « Tu n'as rien bouffé, tu crèves la dalle. »

Son cerveau, son cœur et ses entrailles finirent par se mettre d'accord et l'aidèrent à décider. Il monta dans sa voiture, retourna au grand rond-point et prit la direction de la mer : si Narva lui donnait la nausée, Narva-Jõesuu, à vingt minutes de là, l'emplissait de tendresse. L'année précédente, en août, il y avait passé une semaine de vacances avec Kristina. Leurs premières vacances ensemble, profitant d'un camp d'été de basket auquel Nikolas avait voulu à tout prix s'inscrire. Ils avaient loué une petite maison à quelques mètres de la mer, dans la pinède, et ils avaient profité de tout ce temps pour se repaître d'amour.

– Sept jours au bord de la mer, et je n'ai pu lire que deux romans, lui avait-elle reproché.

– Figure-toi que, moi, je n'en ai même pas terminé un seul.

C'était vrai. Peu de lectures, pas de télévision. Ils avaient fait l'amour à satiété, sans devoir attendre des occasions favorables. Et, sur la plage, tandis qu'ils se séchaient au soleil après la baignade, leurs yeux étaient bien trop occupés à se chercher pour se perdre dans les pages d'un livre. Le soir, après dîner, ils allaient boire un verre à la terrasse d'un café, juste derrière chez eux et, quand l'air fraîchissait, Marko prenait une des couvertures posées sur les chaises et la lui passait autour des épaules.

Ce fut justement dans ce café qu'il voulut dîner. Pour quelque raison inexplicable, les tables et les chaises de la terrasse n'avaient pas été retirées, comme si l'hiver était survenu à l'improviste pour les couvrir de neige, et il fut tenté de s'asseoir là-dehors pour ressusciter l'esprit de ces vacances. Mais il entra et le propriétaire le reconnut :

– Oh, bonsoir. Comment va votre femme ?

– Bien, merci.

– Elle n'est pas venue avec vous ?

Si, mais je l'ai laissée dehors attachée à sa laisse. Son père aurait certainement répondu ainsi, puis il aurait souri et aurait parlé de « pratique linguistique » et de la manière dont, parfois, la politesse se nourrit d'évidence.

– Non, elle est restée à Tallinn, moi je suis ici pour le boulot.

– Vous vous occupez toujours de fournitures de bureau.

– Oui. Je fais le tour des clients de l'Ida-Virumaa[5] : je remplace mon agent du secteur, il a eu un accident.

– Et comment vont les affaires ? La crise se fait-elle sentir ?

– Pas tellement. L'article qui marche le mieux, c'est le papier pour photocopieurs et imprimantes. Figurez-vous que notre meilleur client, c'est la police : pour un rien, même pour se moucher, ils doivent déposer une demande en trois exemplaires, signée et contresignée. Moi, j'aime la police !

Le restaurateur rit et lui laissa choisir sa table : elles étaient toutes inoccupées.

– Je vous avertis qu'il n'y a pas grand choix, c'est la basse saison.

– Alors ne me donnez même pas la carte : je vous laisse faire.

– Parfait.

Il s'éloignait déjà, quand Kurismaa le rappela :

– À votre avis, je vais trouver un hôtel d'ouvert ?

– Si ça vous convient, moi, au premier étage, j'ai deux chambres que je loue l'été. C'est pas le grand luxe, mais c'est très propre.

– Ce sera parfait.

5. Il s'agit de la province où se trouve Narva.

Le patron disparut dans la cuisine et, l'instant d'après, en revint avec un bock de bière.

– Le temps de réchauffer la soupe et je vous fais manger.

– Merci.

Marko avala une grande gorgée, la vodka lui avait asséché la bouche. Puis il se mit à jouer avec le bock en suivant du doigt les lettres de l'inscription : *Le Coq*. Ceux qui connaissaient le commissaire savaient que ces gestes infantiles se déclenchaient tous seuls quand, dans ses pensées, les faits de la journée commençaient à s'ordonner. Que signifiait la carte dénichée entre les sièges ? La réponse lui parut simple : quelqu'un avait fait croire à Semenov que la bouteille de Vana Tallinn était un cadeau des chemins de fer. Lui avait-il parlé en la lui offrant ? Lui avait-il dit qu'il s'agissait de récompenser les clients les plus fidèles ? Ou bien, simplement, la lui avait-il laissée sur le siège voisin, tandis qu'il piquait un de ses roupillons ? Un geste rapide, discret, un geste que, en passant dans le couloir central, n'importe qui aurait pu effectuer : un voyageur, le chef de train, la fille du bar, un garde-frontière… Au réveil, l'ivrogne obèse avait dû bénir la GoRail et attaquer la bouteille. Fin d'un mafieux russe.

Mais était-ce bien un mafieux ? Les mafieux se déplacent en limousine, en hélicoptère, ils ont des gardes du corps… Semenov voyageait en train et il n'avait même pas de gorille. Marko s'adonna à un petit exercice lexical pour trouver une définition plus proche de la vérité. Il lui vint « homme d'affaires louche ». Voilà, Semenov n'était pas un mafieux, mais un homme d'affaires louche. Qu'est-ce que ça changeait ? Tout. Qui supprime les mafieux ? Seulement d'autres mafieux plus puissants. Un homme d'affaires louche, en revanche, peut être supprimé par un voyou quelconque, en particulier quand ce voyou est terrifié jusqu'au désespoir parce qu'il croit que la mafia veut l'éliminer. Hillar Sirp revint alors se manifester.

Il se rappela les propos de son collègue : « C'est Semenov qui m'en a empêché, sous prétexte que, entre hommes, on règle les comptes sans les flics. »

Un avertissement dans les règles. Sirp avait dû comprendre que l'autre n'entendait pas le provoquer en duel derrière les remparts de la vieille ville ; en revanche, un soir, dans une ruelle sombre, une grosse voiture noire se serait arrêtée d'où seraient descendus trois malabars ; un moment plus tard, il se serait retrouvé au port à regarder les bateaux, mais par en dessous. Cette fois, il avait marché sur les pieds de la mauvaise personne et il devait agir par anticipation. Jusque-là, tout était parfait. Mais l'hypothèse de Sirp comme assassin ne concordait pas avec les modalités d'exécution : le poison n'était pas l'arme la plus adaptée à une « montagne de muscles » comme lui. S'il avait vraiment recouru à une solution raffinée comme la ciguë, cela voulait dire que la peur lui avait amolli la moindre fibre musculaire et que, par magie, elle lui avait développé l'intelligence.

L'arrivée de la soupe interrompit ces conjectures : soupe de choux et de pommes de terre, brûlante : la journée finissait glorieusement.

– Voilà la clé de votre chambre. C'est celle au fond du couloir, l'escalier pour monter au premier est là, à droite.

– Pouvez-vous me donner aussi la clé de la porte d'entrée ?

– Vous voulez sortir par ce temps ? Dehors, tout est désert.

– Je sais, mais je crois que j'ai trop mangé. Je vais juste faire un tour pour digérer.

La digestion n'était guère qu'un prétexte et même son estomac lui demandait de ne pas trop s'exposer au froid. À présent, c'était son cœur qui réclamait, qui dictait ses raisons, celles que la raison ne connaît point. Après ses vacances avec Kristina, Marko n'était plus revenu sur cette plage et, là, il avait absolument besoin de la voir, même comme ça, dans le noir. À côté du poste de secours, des phares restaient allumés toute la nuit, il le savait car, une fois, pour faire l'amour au bord de la mer, ils avaient dû marcher un bon moment avant de parvenir à échapper à ces lumières ; à présent, ce seraient ces mêmes phares qui éclaireraient ses souvenirs.

La route s'arrêtait sur un ralentisseur qui masquait jusqu'au dernier moment la vue de la mer. Quand Marko le dépassa, la plage sur laquelle ils s'étaient fait bronzer, Kristina et lui, se présenta comme une vaste étendue blanche, de celles qui, normalement, suscitaient chez lui l'envie de chausser ses skis de fond et de pousser. Mais, ce soir-là, son unique désir était d'avoir Kristina auprès de lui.

Il contempla encore un instant la version lunaire de la plage, les petites dunes transformées en dos d'âne, les cabines aux cloisons rouge et jaune qui se détachaient sur le blanc de la neige, puis il prit son téléphone et composa un numéro.

– Bonsoir chérie, devine où je suis.

8

La chambre était vraiment accueillante : du bois blanchi aux murs et au sol, des rideaux et des duvets bleus, et un grand lit qui, avec la voix de Kristina encore dans ses oreilles, éveillait des désirs irréalisables. Un grand lit, idéal pour faire l'amour, mais aussi moelleux, où s'abandonner à un sommeil paisible qui le dédommagerait de la nuit précédente et de toute la fatigue de la journée. Mais l'insomnie de Kurismaa se fichait du repos ou de la fatigue. Elle était survenue à l'improviste, à quinze ans, le soir du 12 septembre 1979, quand le KGB avait investi leur maison de Tartu pour emmener le Pr Andres Kurismaa, accusé de propagande anti-soviétique. La narcolepsie était arrivée peu après, malheureusement prise pour de la paresse aiguë et, durant les années d'école, les professeurs l'avaient soignée à coups de gifles : une claque sur la nuque chaque fois qu'il s'endormait en classe ; un total d'environ six cents claques par an. Quand un médecin avait enfin prononcé ce mot, « narcolepsie », et qu'il lui avait prescrit des médicaments, Marko, désormais adulte, avait eu la tentation de retrouver un à un ses enseignants et de les arrêter sous un prétexte quelconque, du type « propagande anti-estonienne », avant d'expérimenter sur eux la bonne vieille thérapie contre la somnolence. Mais la jeune République ne prévoyait pas le délit de « propagande anti-estonienne » ; en outre, il n'avait au fond aucune envie de revoir ces visages blêmes et sadiques.

Pour s'attirer les bonnes grâces du sommeil, ce soir-là, il disposait de deux possibilités : le livre de l'Américain, ou le dossier sur la vie et l'œuvre d'Igor Semenov, que les inspecteurs mobilisés par Kalio avaient établi en un temps record.

Il choisit la deuxième, certain qu'elle serait encore plus soporifique que la première.

Igor Semenov, né à Léningrad le 30 avril 1953. Diplômé de l'IUT de mécanique moteur. Service militaire obligatoire à partir de 1972, qu'il prolonge par un engagement volontaire et une carrière militaire. En 1983, il est envoyé à Tallinn avec le grade de sergent-major. Trois ans plus tard, il est capitaine et dirige l'atelier de manutention des véhicules militaires sur roues et sur chenilles...

Le salaud. Tout le monde savait que, dans l'armée Rouge, pour bien manger au réfectoire, il fallait être haut gradé, mais que pour manger beaucoup, surtout en dehors des repas, il convenait d'avoir un rang moins élevé. Aucun de ses entraîneurs de ski n'avait jamais porté d'uniformes garnis de galons, mais tous faisaient de la gratte sur tout, le fart, les brodequins, les bâtons et les saloperies pour la gonflette et les performances. Ils trouvaient de quoi gagner même sur l'autotransfusion. Dans les ateliers militaires, c'était pareil, mais au centuple. Les simples soldats dérobaient tout ce qu'ils parvenaient à cacher dans les poches de leur uniforme ; les plus malins inventaient mille trucs pour ne pas se faire pincer par le planton. On racontait l'anecdote de ce soldat qui, pendant toute la durée de son engagement, était sorti tous les jours de l'atelier avec une brouette contenant un peu de paille. Chaque jour, le garde, persuadé de pouvoir le pincer, fouillait la paille et ne trouvait rien. Une fois libéré, le soldat était retourné saluer ses camarades et le planton lui avait demandé : « Dis, maintenant que je ne peux plus rien te faire, tu me dois la vérité. Ici, tout le monde vole et je sais que tu volais toi aussi, mais durant tout ce temps j'ai inspecté ta brouette sans jamais rien trouver ; je te demande cette faveur : dis-moi ce que, toi, tu piquais ! » « Les brouettes. »

Mais il suffisait d'être un peu plus que simple soldat pour dédaigner les brouettes et mettre le grappin sur des morceaux de choix : des pneus, de l'essence, des pièces de rechange, des moteurs entiers, autant de matériel à revendre au marché noir. En montant encore un peu, tu commençais à prendre des contacts avec des fournisseurs, ce qui signifiait que tu n'avais même plus à prélever la marchandise dans l'atelier : elle arrivait directement chez toi en échange de la promesse de ne pas prêter trop attention à ces petits problèmes de qualité que présentaient parfois les fournitures.

Semenov avait certainement intégré un bon circuit.

En avril 1990, il demande sa mutation en territoire russe : un mois après, il obtient satisfaction.

Normal. La situation est en train de changer et pour ces crapules de Soviétiques souffle un vent mauvais : il faut profiter davantage des bons contacts, tant qu'il y en a, et aller dans un lieu plus sûr pour faire fructifier le butin amassé.

On ne sait pas exactement quand il est démobilisé, mais, à partir de 1993, Semenov entame une activité d'import-export avec un siège à Saint-Pétersbourg et un à Tallinn. Il s'occupe essentiellement de camions réformés de l'armée.

Qui sait pourquoi, Kurismaa ne parvenait pas à croire qu'un ex-capitaine russe reconverti dans l'import-export de véhicules militaires puisse être défini simplement comme « affairiste » ; l'adjectif « louche » lui semblait le complément naturel de ce substantif.

L'entreprise de Semenov change plusieurs fois de raison sociale et de spécialité, mais elle est toujours en activité : aujourd'hui, il s'occupe de sécurité industrielle et de protection de données.

Espionnage et contre-espionnage industriel, en clair. Le nombre des suspects potentiels s'élargissait démesurément. N'allait-il pas falloir convaincre Kalio de transmettre l'affaire aux services secrets ?

En 2000, il achète un grand hangar à Tallinn, rue Aia, adossé aux remparts, en transforme une partie en night-club l'autre en habitation.

Affairiste louche. Un vrai cliché ! Il trouvait les affairistes louches monotones et dénués d'imagination : contrebande, espionnage industriel, armes, proxénétisme, bars de nuit. Mais personne pour recycler l'argent sale en rachetant une pâtisserie, une usine de jouets ou une maison d'édition. Night-clubs, strip bars, putains, videurs. Évoquer Hillar Sirp était bien trop facile : qui sait s'il n'avait pas travaillé dans le bordel de Semenov ?

En janvier 2010, Semenov fait l'acquisition d'une maison de quatre cents mètres carrés sur deux niveaux, au c36 de la rue Poska.

Naturellement, putains, trafiquants et espionnage sont d'un excellent rapport : si le crime ne paie pas, que dire de l'honnêteté !

Le 14 mars 2010, il épouse Olga Maksimovna Voronova, née à Tallinn le 5 juillet 1990.

Heureusement qu'ils avaient dû travailler à la hâte ; s'ils avaient disposé de plus de temps, les gars du central lui auraient indiqué jusqu'au prénom de l'employée de maison des Semenov et le kilométrage de leur voiture. *Née à Tallinn le 5 juillet 1990.* Trente-sept ans d'écart entre le mari et sa femme. Kurismaa se rappela le corps flasque du Russe étendu dans le tiroir de la morgue : de son vivant, il était peut-être moins répugnant et, cinq ans plus tôt, il avait peut-être quelques kilos en moins mais, pour une gamine de vingt ans, s'allonger nue sous un porc pareil ne devait pas être agréable. Et, si les clichés se révélaient vrais jusqu'au bout, ce porc n'avait sûrement pas choisi une fille de vingt ans grasse et moustachue.

En 1993, il a eu quelques ennuis avec la justice (voir la chemise des archives ci-jointe). On ne signale pas d'enquêtes en cours.

Le rapport s'achevait là-dessus et, malheureusement, comme somnifère, il n'avait pas fonctionné. Il restait le livre américain, sur la table de chevet, à côté de sa montre qui indiquait une heure dix. Marko éteignit la lumière et essaya d'amener sa respiration à un rythme plus lent, d'inspirer et d'expirer profondément. De temps en temps, il aimait croire qu'il suffisait d'un peu d'entraînement volontaire pour éloigner le spectre de l'insomnie.

Comme d'habitude, ce fut en vain. Il glissa dans un état intermédiaire qui n'était pas exactement un demi-sommeil : c'était la phase des hallucinations hypnagogiques. Les images de la journée défilèrent devant les yeux de son esprit engourdi, tantôt fidèles au vrai, tantôt grotesquement déformées. Non point des rêves, mais pas non plus des pensées lucides. Quand il voulait expliquer à Kristina cette condition, il disait : c'est comme si, éveillé, je me voyais rêver.

Dans l'ordre, vinrent le visiter : le cadavre de Semenov sous la forme d'une grosse baudruche, le chef de gare avec sa casquette sur la tête et une étoile rouge tatouée sur son front, tous les Russes du café près de la frontière, le fils de Kalio Kuslap ivre mort, Lena le suppliait de la laisser rentrer chez elle et Paul Veiman rajeuni de vingt-cinq ans avec sa craie à la main. Quand Kristina, en bikini, étendit sa serviette-éponge sur la plage enneigée et s'y coucha sur le ventre, le sommeil se décida à venir.

9

– Qu'avez-vous trouvé ?

– Dans le train ou sur le ticket ?

– Les deux.

– Commençons par le train. L'élément le plus intéressant, c'est celui de l'appuie-tête. On y relève différents cheveux, signe que les housses blanches ne sont pas changées très souvent. Dans ce bel échantillon, on trouve aussi les cheveux de notre ami, et de deux catégories : les contaminés par le poison et les sains.

– Ça signifie que Semenov a sûrement été empoisonné à bord du train. Les cheveux qu'il a perdus au départ ne sont pas touchés, ensuite il commence à boire du Vana Tallinn et il s'empoisonne. À partir de là, il perd des cheveux contaminés.

– Il y a de fortes chances que ce soit ça. On en a retrouvé aussi sur le col de son manteau et, bien entendu, dans son chapeau : aucun de contaminé, preuve que le poison n'est entré en jeu qu'après qu'il les eut ôtés.

– Pourquoi parles-tu de « fortes chances » et non de « certitude » ? Tu es un scientifique, non ? La science produit des certitudes.

– Là, tu te trompes. La science produit des doutes, sinon elle ne progresserait jamais.

– Tu remets ça ?

– C'est toi qui as commencé !

Siimo Kink et Marko Kurismaa se connaissaient depuis toujours et depuis toujours se chamaillaient. Ils savaient que le travail de l'un était complémentaire de celui de l'autre, mais le jeu de rôles qu'ils avaient entamé bien des années auparavant leur imposait de se discréditer réciproquement, au moins en paroles.

– Je t'épargnerai la tirade habituelle sur le fait que les mecs des *Experts : Miami*, à cette heure, auraient déjà résolu l'affaire et seraient sur la plage. Mais dis-moi en résumé s'il y a des éléments importants.

– Aucune découverte miraculeuse. Hier soir, dès que le train est arrivé, on a passé la voiture au peigne fin, mais une voiture de train, ce n'est pas une pièce fermée où tu peux espérer isoler les traces de deux ou trois personnes au maximum. Cheveux, salive, sueur, chewing-gums mastiqués, débris de nourriture, empreintes digitales... On trouve de tout et de tout le monde. Sans compter qu'un élément peut passer d'un endroit à un autre, un papier gras se coller sous une semelle et voyager de la queue à la tête du train, un poil de barbe être transporté par le système de chauffage... Si tu me demandes d'analyser tout ce qu'on a trouvé, je t'arrête tout de suite : c'est inutile.

– Et sur le ticket, qu'as-tu à m'apprendre ?

– Pas d'empreintes, à part les tiennes, celles de Semenov et celles de l'hôtesse. Je les ai comparées avec celles de la carte de crédit que tu m'as apportée ce matin.

– C'est la preuve que c'était un piège : personne ne se soucierait de manipuler avec des gants une carte-cadeau.

– C'est aussi la preuve que la victime l'a lue. Sur la dynamique de l'empoisonnement, il n'y a pas beaucoup de zones d'ombre. Ta reconstitution tient parfaitement.

– D'autres indices ?

– Là encore, rien qui permette d'avancer beaucoup : le carton a été réalisé avec une imprimante laser couleurs, une HP : on en trouve dans tous les ateliers de photocopie. Le logo de la GoRail était plutôt granuleux, l'image provient sûrement d'Internet.

– Fini le temps où l'on pouvait remonter à une machine à écrire bien précise rien qu'en examinant les imperfections des lettres. L'ordinateur est la perfection de masse, et la perfection ne laisse pas de signes.

– C'est sûr. Les gens croient que le progrès de la technique joue toujours en faveur de la police, mais les criminels ne sont pas en reste. Il y a vingt ans, aucun assassin n'aurait nettoyé la scène du crime à la Javel : les plus sophistiqués se contentaient de gants. À présent, même le tueur le plus novice sait qu'il faut éliminer les traces biologiques. Avant d'aller assassiner, ils se rasent les cheveux, la barbe et les sourcils, mettent un masque pour ne pas laisser de postillons et se protègent un max. Si ce n'était pas une connerie, je dirais que c'est comme jouer aux gendarmes et aux voleurs.

– C'est une connerie, mais tu mets dans le mille.

Ils se saluèrent, et Marko retourna dans son bureau pour écouter l'enregistrement de la conversation qu'il avait eue dans la matinée, en rentrant de Narva, avec la veuve de Semenov.

Pour compléter le travail, les inspecteurs avaient ajouté au dossier une liste de numéros de téléphone d'où émergeait celui du portable de Mme Olga Semenova. Arrivé dans la banlieue de Tallinn, plus ou moins à la hauteur de l'aéroport, Kurismaa l'avait appelée et avait demandé à la rencontrer.

– Je vous attends chez moi, commissaire. Vous connaissez l'adresse ?

– Je la connais. On se voit dans un quart d'heure.

La maison du 36, rue Poska se trouvait encore à l'intérieur des limites du parc de Kadriorg. Ce salaud de Russe avait choisi d'habiter à deux pas de la résidence du président de la République et encore plus près de la résidence estonienne de Pierre le Grand. Certes, le palais Kadriorg, construit au XVIIIe siècle dominait de haut la maison de Semenov, mais, Marko en était certain, l'affairiste louche devait se sentir le voisin immédiat du défunt Tsar de toutes les Russies.

Tout le quartier, à l'exception du président de la République qui y résidait par devoir et qui aurait sûrement préféré l'un des grands immeubles populaires de l'avenue Tehnika, était habité par des mégalos. Les anciennes villas en bois, soigneusement restaurées, devenaient aristocratiques et élégantes. Nul ne se serait étonné de voir sortir d'un de leurs garages un carrosse conduit par un cocher et promenant deux dames avec de longues robes et de grands chapeaux du style *La Cerisaie*.

Mais les plus mégalos, et sans doute les plus riches, étaient ceux qui avaient obtenu le permis de construire, là, en plein parc historique de la capitale, les trois ou quatre villas très modernes qui, avec leurs grandes baies vitrées et leurs finitions en acier, ramenaient brusquement au présent.

Pour pouvoir se garer, Marko avait dû se replier sur un parking privé qui lui coûterait deux euros de l'heure : deux euros de l'heure pour faufiler sa Lada entre une Mercedes et une Lexus et se sentir comme un docker invité par erreur à la fête du yacht-club.

La maison de Semenov était peinte d'un beau vert pastel qui s'éclaircissait autour des fenêtres et des portes en tendant au beige. Marko avait sonné à l'interphone du portillon. De l'autre côté, on avait pressé le bouton d'ouverture, sans rien demander : un tintement de serrure électrique, c'est tout. Il avait parcouru l'allée dallée de porphyre jusqu'à la porte d'entrée, puis, une fois tout près, celle-ci s'était ouverte silencieusement et dans le vestibule vide était apparue la maîtresse de maison.

En la voyant, Marko s'était demandé si elle correspondait bien à l'image qu'il s'en était faite : oui et non.

Belle, ça elle l'était, personne ne pouvait le nier. Une beauté russe, plus grossière, d'après ses critères, que la beauté estonienne, et destinée à se faner rapidement, à se perdre, à la veille des quarante ans, en bourrelets de graisse et en joues tombantes, mais pour le moment… des cheveux blonds, des yeux bleus entre l'eau et le ciel, une poitrine opulente. Tout cela correspondait aux prévisions, au stéréotype de l'adolescente qui épouse un gros richard plus âgé que son père. Ce qu'il n'avait pas prévu, c'était la patine de tristesse et en même temps de sobriété qui nimbait cette petite poupée. En clair, Kurismaa avait imaginé Olga comme une grande putain prête à jouer le rôle de veuve riche et joyeuse. Il s'était retrouvé face à une créature fragile, à une femme éprouvée; ou à une actrice à l'indiscutable talent.

Elle l'avait fait entrer dans un salon du rez-de-chaussée, à l'arrière de la maison, où, par une double porte-fenêtre à petits carreaux, on voyait le parc enneigé et on apercevait les murs rouges du palais. Ils s'étaient assis dans deux fauteuils Louis XVI, en vis-à-vis, mais la femme était restée sur le bord, légèrement de biais, jambes croisées, comme mal à l'aise, comme une servante dans les appartements de ses maîtres.

– Tout d'abord, mes condoléances.

– Je vous remercie, commissaire.

– J'imagine que vous avez déjà été informée du fait que la mort de votre mari n'est pas accidentelle.

– Je le sais. Un de vos collègues est passé, un jeune, et il me l'a dit.

– Alors je pense que vous attendez ma première question.

– Vous voulez me demander si c'est moi qui l'ai tué ?

La petite poupée opaque lui avait paru sincèrement inquiète.

– Non. J'ai juste besoin de savoir si votre mari avait des ennemis. Ça vous ennuie si j'enregistre notre conversation ?

– Faites donc. En ce qui concerne les ennemis, je crains de ne pas savoir vous répondre. Mon mari m'a offert un nom, une belle maison, une vie de dame et même le niveau d'instruction qu'on donne à une dame, mais si vous pensez que le mariage nous a unis en « un seul être », comme on dit, alors vous vous trompez. De lui, de ses affaires, de ce qu'il faisait ici et à Saint-Pétersbourg, je ne savais rien. S'il m'a épousée, c'est parce qu'il a compris que je savais rester à ma place.

Marko s'était étonné de l'écart entre le choix des mots et l'accent avec lequel ils avaient été prononcés : l'accent des russophones jeunes, ceux qui, depuis l'enfance, avaient entendu parler estonien à l'école, à la radio, à la télévision, dans la rue, mais qui à la maison avaient continué à parler russe. Il s'agissait le plus souvent de personnes restées coupées du nouveau cours de l'histoire, de marginaux qui, assurément, ne s'exprimaient pas avec la maîtrise du langage d'Olga Semenova. Son mari avait dû lui payer des cours privés d'estonien, de bonnes manières et, peut-être même de décoration d'intérieur, de golf et d'équitation, mais son accent russe, il n'avait pas réussi à l'effacer. Ou alors, dans sa tentative de se fabriquer une épouse sur mesure, il avait considéré que cette référence à la mère patrie était la cerise sur le gâteau, comme un grain de beauté ou un léger strabisme de Vénus.

– Excusez-moi de vous demander cela, mais il le faut : votre mari et vous, vous vous entendiez bien ?

Kurismaa détestait ce genre de questions, il les jugeait intrusives et inutiles, mais elles faisaient partie d'une sorte de rituel qui, parfois, pas toujours, donnait quelques résultats. Évidemment, ce n'était pas la réponse, sincère ou pas, qui renvoyait à la vérité, mais plutôt les grimaces inconscientes de l'interrogé, les tics, les petites inflexions de la voix. Or, la voix d'Olga Semenova n'avait pas du tout fléchi :

– Dans un mariage comme le mien, quand la femme sait se tenir à sa place, il n'y a pas de raison de ne pas s'entendre. Avant que vous me le demandiez, je vous dis tout de suite que mon mari ne m'aimait pas et que je ne l'aimais pas davantage. Mais je le respectais et lui étais reconnaissante. Je pourrais dire qu'il m'a sauvée, mais sans doute est-il plus juste de dire qu'il m'a achetée : il a acquis une marchandise qui, un jour ou l'autre, serait à jeter.

– Si je puis me permettre cette audace, madame, vous ne me semblez pas être à jeter.

La femme avait ébauché le sourire triste que montrait la photo de mariage, celle qui, depuis une table basse, les regardait dans son cadre argenté.

– C'est pour cela que je dis qu'Igor m'a sauvée. Quand il m'a connue, je vendais des choux et des pommes de terre au marché de Balti Jaam, derrière la gare, le marché des Russes pauvres, celui où les Estoniens entrent seulement quand ils veulent voir si le vélo qu'on leur a volé a changé de couleur et s'il y est en vente…

– Je le connais, Madame Semenova, j'habite rue Suurtüki, à cent mètres de Balti Jaam et, bien que je sois Estonien, j'y vais de temps en temps acheter mes légumes.

– En ce cas, vous savez ce que signifie rester là-dehors, au froid, sous un auvent de tôle rouillée. Quand mon mari m'a vue pour la première fois, j'avais dix-neuf ans et je serais aujourd'hui une vieille à la peau abîmée par le gel et la poitrine ratatinée par la faim…

Le ton lui avait paru un peu mélodramatique, mais il était vrai que Balti Jaam représentait un autre de ces lieux délaissés par la modernité, une sorte de Narva en petit, à quelques pas seulement des fastes de la vieille ville de Tallinn ; un autre morceau de misère soviétique que l'Histoire, dans son évolution, avait oublié d'entraîner avec elle, là peut-être pouvait-on encore risquer de mourir de faim et de froid.

– … Les filles comme moi, sans instruction et sans le sou, se fanent très vite, soit en travaillant au marché, soit en se déshabillant dans les night-clubs, soit en faisant le trottoir. Elles ne peuvent qu'espérer épouser un homme riche : c'est la chance que j'ai eue.

– Même avec un mari de quarante ans de plus que vous ?

– J'avais suffisamment faim pour ne pas m'attarder sur ces détails et assez d'imagination pour fermer les yeux et rêver, quand j'étais allongée sous lui, que sur moi s'activait un acteur de cinéma, un différent à chaque fois. Je n'ai jamais eu besoin de simuler un orgasme.

Sincérité ? Impudeur ? Ou mise en scène pour l'exciter et le perturber ?

Il avait profité de la situation pour remuer les eaux troubles sans s'embarrasser de diplomatie :

– Avez-vous des raisons de penser que votre mari fréquentait d'autres femmes, ou des hommes…

– Ses goûts sexuels étaient une des rares choses de lui que je connaissais bien, et je suis sûre que les hommes ne l'intéressaient pas du tout, et même il était un peu homophobe, comme on dit aujourd'hui. Je crois que c'était là une réaction à ce qu'il avait vu au service militaire. Pour ce qui est des femmes, ses appétits étaient clairs, mais pas exagérés et je crois être toujours parvenue à les satisfaire personnellement, sans qu'il ait à aller voir ailleurs. Cela aussi, c'est le devoir d'une bonne épouse, non par jalousie, mais par persuasion.

Bien que débarrassée du voile d'opacité qui la recouvrait initialement, la petite poupée ne s'était pas transformée en grosse putain; elle se présentait à présent simplement pour ce qu'elle était: une femme très sage pour ses vingt-cinq ans, une femme « avec une expérience ».

– Une bonne épouse, surtout si elle est jeune et belle, est aussi un trophée à exhiber: vous arrivait-il souvent de mener une vie mondaine?

– Igor détestait aller au cinéma et il disait que le théâtre estonien ne soutenait pas la comparaison avec le théâtre russe…

Comment lui donner tort?

–… Dans l'autre pièce, on a un téléviseur géant et c'est là qu'on regardait les films. De temps en temps, cependant, on sortait dîner; il aimait surtout le *Tchaikovski*, pour l'ambiance et pour leur façon de préparer le saumon. Il me demandait alors de m'habiller avec élégance. Mes robes, c'est lui qui les choisissait, moi je n'avais plus qu'à les essayer et les retoucher. Il avait du goût. Il aimait les dos nus, mais sans excès: je ne me suis jamais retrouvée les fesses à l'air, comme parfois les femmes de ses amis quand ils venaient dîner avec nous.

– Vous voyiez souvent vos amis?

– Ses amis; les miens, très peu nombreux, je ne les vois plus depuis que nous nous sommes mariés: Madame Semenova ne pouvait plus se mélanger à la populace de Balti Jaam.

Le ton avait pris une nuance d'amertume, Marko l'avait relancée :

– Les connaissances de votre mari étaient-elles des gens importants ?

– Me croirez-vous si je vous dis que je n'en sais rien ? J'ignore même leur nom. Il y a un Sergei, un Piotr, un Vladimir – ce n'est pas Poutine –, un Nikita, mais personne ne m'a jamais dit son nom de famille, et je ne l'ai jamais demandé.

Parler beaucoup et dire peu, toujours répondre sans jamais se découvrir, telle était la tactique qu'Olga Semenova avait adoptée avec lui. À moins qu'elle ne lui ait pas dit la vérité.

Kurismaa avait tenté des questions plus spécifiques :

– Votre mari buvait-il d'habitude du Vana Tallinn ?

– Mon mari buvait n'importe quoi, d'habitude.

– Ça, je l'avais compris, mais ce que je voulais savoir, c'est s'il avait une passion spéciale pour notre liqueur locale, c'est-à-dire si celui qui a choisi justement une bouteille de Vana Tallinn pour l'empoisonner le connaissait particulièrement bien.

La femme s'était levée et avait ouvert les portes d'un meuble ancien, une espèce d'armoire un peu rustique qui n'avait rien à voir avec les fauteuils Louis XVI, mais qui ne détonnaient pas, puis, en se tournant de trois quarts vers Kurismaa, elle avait commencé à lire les étiquettes des bouteilles qui se trouvaient à l'intérieur :

– Vodka Saaremaa, vodka Moe, vodka Ozer, vodka Belenkaya, whisky Bushmill, whisky Connemara, cognac Rémy Martin, brandy Carlos I, Fundador.

Comme vous le voyez, l'assortiment ne manque pas. Le Vana Tallinn est à l'étage du dessous, avec Unicum, Jägermeister, Gammel Dansk et d'autres liqueurs à base d'herbes. Il n'était pas nécessaire de bien connaître mon mari pour lui donner envie de boire quelque chose.

– À présent, c'est le moment de la question la plus évidente : où étiez-vous, avant-hier soir, vers vingt heures ?

– J'étais là où doit être une bonne épouse, quand son mari est en voyage d'affaires : à la maison, à l'attendre.

– Quelqu'un peut-il le confirmer ?

– La femme de ménage. Elle travaille chez nous à plein temps et dort dans la mansarde.

– Pourquoi n'est-elle pas ici ?

– Je lui ai donné quelques jours de congé. J'avais besoin d'être seule.

Que demander d'autre ? Il avait sorti sa liste des passagers, de plus en plus froissée et, pour ne rien laisser de non tenté, il avait lu les noms des repris de justice :

– Youri Kuznetsov, vous le connaissez ?

– Non.

– Nikolaï Podgorny ?

– Non.

– Hillar Sirp ?

– Non.

Kurismaa s'attendait, tout au plus, à un léger sursaut au dernier nom de la liste, le videur menaçant ; mais le rôle très calculé d'Olga Semenova avait trébuché sur le second : Nikolaï Podgorny. Ce n'étaient sûrement pas les souvenirs de lecture de la *Pravda* qui l'avaient fait ciller à ce nom : quand le Podgorny originel présidait le Soviet suprême, non seulement elle n'était pas née, mais sa mère devait être encore à l'école primaire. À quoi attribuer cet infime tressaillement de la mâchoire et cette brève hésitation avant de dire « Non » ? Il vérifierait cela.

– Je ne vais pas vous déranger plus longtemps. Je suppose que vous êtes très occupée par l'organisation de l'enterrement.

– Oui. Igor a laissé des dispositions très précises à ce sujet. Il veut être inhumé à Saint-Pétersbourg et souhaite une tombe d'un style particulier. J'ai contacté une agence de pompes funèbres russe, mais ils ne me parlent que de problèmes administratifs et d'acomptes. Tout est bien compliqué.

– Votre mari y avait-il encore de la famille ?

– Plus personne.

– Alors vous êtes sa légataire universelle ?

– Cela a-t-il de l'importance ?

– Je ne pense pas.

– Moi non plus.

Ils mentaient tous les deux, et le savaient.

Quand le magnétophone numérique eut fini de restituer la voix de la veuve d'Igor Semenov, Kurismaa regarda sa montre : 18h45. Il n'avait pas vu le temps passer. Pourvu que le stakhanoviste Kaspar Mand soit encore là ! Il composa le numéro interne :

– As-tu trouvé les coordonnées de Paul Veiman ?

– Bien sûr. Regarde mon mail…

– Parfait, alors rejoins-moi dans mon bureau.

– Tout de suite, chef.

Pour Kaspar, « tout de suite » avait un sens presque littéral, c'était un temps mesurable en une poignée de secondes.

– Assieds-toi.

Si le commissaire lui avait demandé de rester debout sur une seule jambe, il aurait obéi aussi naturellement.

– As-tu relâché Lena Smuul ?

– Ce matin, quand vous m'avez téléphoné.

– Merci. J'aurais aimé le faire moi-même, mais il fallait que j'aille chez Semenov.

Ce n'était pas vrai. Regarder cette fille dans les yeux et lui dire qu'il l'avait laissé passer une nuit en détention juste pour l'ombre légère d'un doute était la dernière chose qu'il aurait souhaitée.

– As-tu lu le dossier sur la victime ? Hier, j'avais demandé qu'on t'en remette une copie à toi aussi.

– Je l'ai lu en entier. Il me semble quelque peu lacunaire.

– Allons, ne joue pas les premiers de la classe ! Je sais bien qu'il est lacunaire, mais ils l'ont établi en quelques heures seulement. Et c'est bien parce qu'il est lacunaire que je te demande d'approfondir deux points.

– À savoir ?

– Tu devras me dire si Olga Semenova est la seule héritière des biens de Semenov, du moins ici en Estonie. Ensuite, il faudra me trouver tous les liens possibles entre elle et Nikolaï Podgorny.

– Je vois ça tout de suite.

– Mais non, demain. Là, rentre chez toi, comme tout le monde.

Kaspar sourit, comme face à un compliment.

– Toujours demain, poursuivit le commissaire en lui tendant l'enregistreur, tu demanderas à un gars d'en retranscrire le contenu. Gare à toi si tu le fais toi-même ! Je ne veux pas que tu perdes ton temps à remplir des pages et des pages.

Et, en le congédiant, il pensa à la conversation qui s'était déroulée entre un restaurateur et un représentant en articles de bureau.

Les pas de Mand résonnèrent dans le couloir : l'immeuble devait être à présent quasi désert ; quasi.

Il prit le téléphone et, en ricanant, il attendit la réponse :

– Section Crimes domestiques, ici l'inspectrice Kristina Lupp, je vous écoute.

– Juste ceci : dans une demi-heure à Telliskivi.

– Chez Pedro ?

– Oui, chez lui.

– Pourquoi, il nous fait un prix ?

– Non, parce que c'est sympa et qu'on y mange bien. Et si Pedro ne nous fait pas un prix, je le fous dehors.

– À vos ordres, commissaire, j'y serai dans une demi-heure.

10

Deux ans auparavant encore, Kristina Lupp, toute seule, de nuit, ne se serait pas rendue dans pareil endroit, si ce n'est en serrant dans son poing son pistolet d'ordonnance. Ces vieux bâtiments industriels, laissés à l'abandon, entre la gare et la gare de marchandises, inspiraient la peur même le jour, alors imaginez dans le noir. Et puis, quelqu'un avait eu l'idée de retaper un de ces hangars et de le transformer en bar ; aussitôt après, quelqu'un d'autre l'avait imité, puis un autre encore. Si bien qu'à présent, au 60A de la rue Telliskivi, on respirait l'atmosphère des grandes villes, de Berlin, de Paris, ou même de New York ; une atmosphère de jeunes, comme la qualifiait Marko. De sorte que, un jour, Kristina lui avait demandé :

– Dans ce cas, nous, qu'est-ce qu'on vient faire là ?

– On vient récupérer la jeunesse qu'on n'a pas eue.

– Nous, notre jeunesse, nous l'avons vécue sur les barricades pour récupérer notre pays. Ça ne te paraît pas suffisant ?

– Je ne sais pas. J'aurais peut-être préféré être comme eux, boire une Le Coq ici, puis aller à l'aéroport, prendre un vol low cost et, le lendemain, boire une Guinness à Dublin.

– Et moi, j'aurais préféré être Cléopâtre ou Marilyn Monroe…

– Pas plutôt quelqu'un qui ne se serait pas suicidé ?

En tout cas, même s'ils étaient nettement plus âgés que la moyenne des clients, Kristina et Marko avaient fait du quartier de Telliskivi « leur » endroit. C'est là qu'ils avaient rencontré Pedro. Il était arrivé depuis peu d'un patelin perdu d'Andalousie, quelque chose comme Las Negras ou Las Nejras, un coin où cuire à quarante degrés à l'ombre, et ici, dans le gel estonien, il avait tout de suite trouvé du travail comme serveur et barman. En l'espace d'une semaine, la présence de cette espèce de Jésus-Christ aux cheveux noirs, à la barbe fournie et au regard de braise avait attiré dans l'établissement des groupes de jeunes femmes qui, à tour de rôle, se levaient des tables pour se faire servir, mais seulement par lui en personne, un mojito ou une piña colada. Et c'était sans doute pour échapper à cette étiquette trop marquée que celui-ci, un soir, en déposant deux bières des plus banales sur la table de Marko et de Kristina, avait lié conversation en mélangeant l'anglais avec le peu d'estonien qu'il avait déjà prodigieusement appris. Connaissaient-ils quelqu'un qui louerait une chambre avec salle de bains ? À ce moment-là, Marko avait pris conscience que sa grande maison de bois vermoulu comportait des pièces qu'on n'ouvrait plus depuis une éternité. Il lui avait proposé un loyer dérisoire en échange d'un bon entretien des espaces qui lui seraient alloués et du respect de la tranquillité à laquelle il était habitué. Les travaux d'entretien avaient été effectués correctement et la tranquillité était respectée, du moins les soirs où Pedro rentrait seul ; les autres soirs, les cloisons en pin de Suède n'étaient manifestement pas en mesure de contenir toute l'ardeur qu'il mettait à consolider la réputation d'amoureux des Andalous, ni l'approbation enthousiaste des femmes nordiques qui, par pur amour de la vérité, avaient voulu constater en personne le bien-fondé de cette réputation. En substance, certaines nuits, Marko avait l'impression de se trouver dans un cinéma porno où quelqu'un avait éteint la lampe du projecteur.

Bien qu'ils soient partis à des moments différents pour donner le change aux collègues curieux et qu'ils aient pris des routes différentes, Marko et Kristina se garèrent pratiquement en même temps sur le terrain qui bordait l'entrelacs de voies et d'aiguillages de la gare de marchandises.

Même dans la lumière fade du lampadaire, le rouge métallisé de la Toyota de Kristina contrastait avec le vert bouteille opaque de la Lada de Marko, comme si deux époques différentes s'étaient donné rendez-vous là. La portière du véhicule soviétique se ferma dans un fracas de char de guerre, celle de la voiture japonaise dans un imperceptible déclic suivi d'un bip. Ensuite, les deux propriétaires s'embrassèrent, longuement, et c'est seulement quand ils s'avisèrent de la température de l'air bien au-dessous de zéro qu'ils se décidèrent à entrer.

Une des raisons pour lesquelles ils affectionnaient cet endroit, c'est qu'il n'était jamais tristement vide ni affreusement plein ; les vieilles ampoules à filament de trente watts, récupérées Dieu sait où, projetaient sur chaque table un halo d'intimité. Marko et Kristina prirent place près d'une fenêtre avec vue sur la cour et sur les autres hangars encore décorés des lumières de Noël à peine passé. Pedro vint aussitôt noter la commande.

– Que prévoit le menu de ce soir ? lui demanda Marko.

– Des tagliatelles à la bolonaise. Une recette de ma grand-mère, que j'ai apprise à mon tour à la cuisinière.

– Mais ce n'est pas un plat italien ? Ta grand-mère était italienne ?

– Non, mais Espagne ou Italie, c'est du pareil au même : c'est toujours la Méditerranée.

– Je préfère ne pas savoir ce que tu as appris à la cuisinière. En tout cas, je me risque pour les tagliatelles.

Kristina, qui avait jeté un œil au tableau accroché près du comptoir, se passa des conseils de Pedro :

– Pour moi, le poulet au curry ; et ne me dis pas que la recette vient de ta tante qui vit en Inde.

– À vos ordres.

Et il s'éloigna, pour revenir l'instant d'après avec deux bières qu'ils n'avaient pas eu besoin de commander.

– Alors, attaqua Kristina, raconte ce que tu as découvert à Narva.

– Tout et rien.

– Ah, ne commence pas avec tes énigmes.

– Il ne s'agit pas d'énigmes. Tu sais très bien que les renseignements recueillis au début d'une enquête peuvent être déterminants ou totalement inutiles ; seule la suite te le dira.

– Peu importe. Je suis curieuse. Raconte-moi tout.

– À mon avis, ce qui t'intéressera le plus, c'est le fait que les collègues de la police des frontières ferment les yeux sur le trafic de DVD pornos avec des mineures russes. Même si je ne comprends pas pourquoi les gens s'évertuent à acheter de ces DVD quand on trouve tout ça sur Internet.

– C'est simple : sur Internet, tu es bien plus repérable. Les DVD, en revanche, passent de main en main entre inconnus et la traçabilité est quasiment impossible. J'ai bien envie d'aller faire un tour moi aussi à Narva.

– Tu veux t'intéresser au matériel pornographique ?

– Pourquoi pas ? Ma section s'occupe de crimes domestiques, mais aussi de violences de ce genre. Or, premièrement, filmer et diffuser des vidéos pornos qui impliquent des mineures, c'est une violence typiquement infligée aux femmes ; deuxièmement, il arrive assez souvent que ce soient les pères et les mères qui poussent leurs filles à s'envoyer en l'air devant les caméras pour trois sous, et voilà encore un crime domestique.

Elle avait exposé ses raisons en comptant sur ses doigts et en haussant la voix, si bien que les deux femmes à la table voisine avaient arrêté de parler et de manger et étaient tout ouïe.

– Tu as raison, mais je te prierais de ne rien entreprendre jusqu'à ce que j'aie résolu cette affaire.

– Ne t'inquiète pas, je ne vais pas te casser la baraque. Cependant, dès que tu auras terminé, je veux donner une bonne petite leçon à nos collègues. J'imagine d'ici ce qu'ils doivent se dire entre eux : « Ces petites salopes russes aiment bien ça, se faire sauter, où est le problème ? Et en plus, elles sont payées ! » Ils font semblant de ne pas voir la violence là derrière.

Ses paroles, à présent, étaient presque un murmure et les deux voisines de table avaient repris leur dîner, mais on voyait qu'elles essayaient de saisir d'autres bribes. Elles avaient l'air de deux femmes d'affaires, la quarantaine : belles, élégantes, de celles qui négocient avec leur mari une soirée libre par semaine.

– Et en dehors du trafic de pornographie, qu'as-tu trouvé ?

– La preuve que Semenov a été empoisonné par quelqu'un qui avait tout soigneusement préparé et qui l'a attiré dans un traquenard avec une tentation à laquelle un alcoolique ne saurait résister.

– Laquelle ?

– Une bouteille en cadeau. Glissé entre les sièges, j'ai...

Il fut interrompu par l'arrivée d'une jeune serveuse, l'air d'une étudiante, assez empotée avec ses tagliatelles dans une main et le poulet dans l'autre : Pedro était trop occupé à préparer des cocktails pour pouvoir les servir et Kristina parut légèrement déçue.

Entre deux bouchées, Marko termina son rapport sur sa mission à Narva et transmit à Kristina le bonjour du restaurateur.

– Il te croit toujours un as en fournitures de bureau ?

– Il en est de plus en plus convaincu. Pour lui, je suis le roi du papier pour photocopies et le prince du toner.

– Oui, et apparemment aussi l'empereur des bobards.

– Je me défends, mais la veuve Semenov me bat à plate couture.

Et il lui raconta sa rencontre de la matinée.

– Elle n'a que vingt-cinq ans, dit-il pour conclure, mais elle m'a l'air d'un vieux renard.

– Que veut-elle te cacher, selon toi ?

– Nikolaï Podgorny.

– Qui ?

– Tu vois ! C'est un nom qui ne parle qu'aux plus âgés. Et pourtant, quand je l'ai prononcé, elle a tressailli.

– Tu voudrais t'expliquer mieux ?

– Il n'y a pas grand-chose à expliquer. Podgorny est le trafiquant de vidéos pornos. L'autre soir, il était dans le train et Mme Semenova doit avoir une liaison avec lui, même si elle nie le connaître.

– Tu es en train d'imaginer le trio classique : la jeune épouse, le riche mari et l'amant assassin !

– Je n'imagine rien du tout. C'est toi qui galopes avec ton imagination. Même si je prouvais qu'Olga Semenova et Nikolaï Podgorny se connaissaient, ce serait très difficile de démontrer qu'il ne se trouvait pas à bord du train par pure coïncidence. Après tout, il s'agit d'un client habituel de la GoRail et l'Estonie est un petit pays où tout le monde se connaît.

Ils demeurèrent silencieux un moment. L'heure était venue de passer au dessert et de reléguer le boulot au fin fond du cerveau. À présent, c'était la conversation des voisines qui leur parvenait. Elles parlaient d'un manager allemand et de son avenir pas très rose, de son secteur commercial rempli d'incapables et de la vache qui était venue diriger le bureau marketing en mettant dans son lit l'administrateur délégué.

Un peu plus loin, un couple se regardait dans les yeux, tandis qu'à une table du fond, un comité d'une dizaine de jeunes gars et filles discutait autour d'un schéma tracé sur une serviette en papier. Les autres clients étaient déjà partis et l'établissement n'allait pas tarder à fermer, puisqu'on n'était en réalité ni à Berlin ni à Paris ni même à New York.

Marko prit les mains de Kristina et les tint serrées dans les siennes.

– Regarde, lui dit-il en indiquant du menton la cour au-delà de la fenêtre.

Les lumières de Noël s'éteignaient sous la neige qui, brusquement, avait recommencé à tomber dru.

– Allons-y, proposa Kristina.

– Pas de dessert ?

– Le dessert, c'est moi qui te l'offre, à la maison.

La douche. Leur histoire avait commencé comme cela, par une douche. À Riga. Quelques années plus tôt, durant le sommet des polices baltes. La délégation lituanienne était logée dans un hôtel du centre, la Lettone, qui jouait à domicile, avait trouvé place dans une caserne et les Estoniens avaient été expédiés en banlieue, dans un hôtel bon marché ; tellement bon marché que seul un robinet sur trois fonctionnait. Ils venaient de rentrer d'une séance plénière sur la prévention du terrorisme, quand Marko entendit toquer à sa porte :

– Ma douche ne donne même pas un filet d'eau : je peux me laver chez toi ?

La question n'admettait pas d'autre réponse que positive, vu que Kristina était là en pantoufles, son bain moussant dans une main, sa serviette dans l'autre.

Marko l'avait fait entrer et, le dos contre la cloison de la salle de bains, il avait écouté l'eau gicler, en se demandant si le mitigeur dans la chambre voisine était vraiment bloqué ou si Kristina avait trouvé le courage qu'il n'avait pas, le courage de dire ce que des mois de sourires, de regards, de bavardages au self n'avaient pas su exprimer. Quand elle était sortie, vêtue seulement de sa serviette, il avait compris qu'il remercierait à jamais la ville de Riga pour l'état déplorable de ses hôtels.

Et ainsi, la douche était devenue une cérémonie, un rite propitiatoire avant l'amour. En mettant pour une fois de côté la tentation de se débrouiller tout seul, Kurismaa avait fait venir chez lui un architecte d'intérieur et l'avait conduit dans la salle de bains.

– Vous avez carte blanche : cet endroit doit devenir une pièce spéciale, avec une douche pour deux personnes, splendide.

L'autre, croyant flairer une affaire, avait essayé de relancer :

– Les autres pièces aussi mériteraient autant d'attention.

Marko avait coupé court :

– Une salle de bains accueillante et une douche splendide. Ni plus ni moins.

C'est dans cette douche splendide qu'ils se glissèrent à peine rentrés de Telliskivi. Ils ouvrirent le robinet et le pommeau géant fixé au plafond les baigna d'une pluie chaude, tropicale. Kristina se colla contre la vitre de la cabine, invitant Marko à lui savonner et masser le dos. Le ventilateur silencieux et puissant que l'architecte lui avait vendu à prix d'or aspirait la vapeur et Marko voyait, réfléchis par le miroir du lavabo, les seins généreux écrasés contre la vitre, puis le nombril et le ventre. Un bien doux spectacle.

Les peignoirs, gonflés et souples, entraient eux aussi dans le rituel. Ils se les enlevèrent mutuellement, en souvenir de ce jour où, à Riga, Marko avait défait le nœud de la serviette de Kristina ; puis ils se jetèrent sur le lit et firent l'amour.

Lorsque la tête de Kristina reposa enfin sur la poitrine de Marko, ils s'aperçurent de l'animation qui régnait dans les quartiers de Pedro.

– Viva España ! ironisa Marko.

– Allons, ne sois pas jaloux. Il me semble que, nous deux, nous nous en sommes tirés plutôt pas mal, ce soir. Maintenant, c'est l'heure de dormir.

– Demain, tu as une dure journée ?

– Je dois aller à l'extérieur de la ville voir une femme qui s'est enfuie de chez elle il y a trois jours et qui s'est réfugiée depuis dans un foyer.

– Un cas difficile ?

– On m'a envoyé les photos d'elle à son arrivée : le visage tuméfié.

– Dans quel foyer est-elle ?

– Celui de Nõmme.

– Ah oui, Veiman ! s'écria-t-il en se tapant le front de la main.

– Quoi ?

– Je viens de me rappeler que demain je dois téléphoner à Paul Veiman qui, justement, habite à Nõmme. Kaspar m'a déniché son numéro aujourd'hui.

De l'autre côté de la cloison, l'activité continuait : on entendait des soupirs, des gémissements, des mugissements…

– Ils doivent mener une corrida.

Kristina le fit taire d'un coup d'oreiller, puis reprit la conversation qu'il avait laissée en suspens.

– Veiman a-t-il quelque chose à voir avec l'affaire du Tallinn Express ?

– Il était dans le train. Il a l'air de le prendre souvent : il a dû s'acheter une petite maison à Narva-Jõesuu. Avec son œil de flic, il a peut-être vu un truc qui aurait échappé aux autres.

Un moment après, le tumulte de la chambre voisine s'était mué en un bavardage confus, entrecoupé de petits rires féminins.

– Tu crois que ton locataire en aura encore pour longtemps ?

– Ça dépend si la fille reste pour la nuit ou si c'en est une qui doit rentrer chez elle.

Ils demeurèrent silencieux, en se caressant doucement. Au bout d'un quart d'heure, le grincement de la porte qui, des appartements de Pedro, donnait directement sur le jardin, fournit une réponse à la question de Kristina.

Marko se releva et alla à la fenêtre pour avoir la confirmation que, bientôt, ils retrouveraient le calme.

En écartant le rideau, il regarda en direction de la porte et ne parvint pas à se retenir :

– Vite, viens voir.

Elle le rejoignit et regarda dans le jardin :

– Je n'y crois pas. Cette fois, Pedro s'est surpassé.

Dehors, toutes deux emmitouflées dans leur doudoune Moncler, s'éloignaient les deux femmes d'affaires qui avaient dîné à côté d'eux.

11

– Je te remercie d'être venu aussi vite. J'aurais pu aller chez toi sans problème.

– Penses-tu, la vie à Nõmme est d'un tel ennui que toute occasion est bonne pour s'échapper.

– Je croyais que ça te plaisait d'habiter là-bas.

– Bien sûr, c'est un endroit magnifique, plein de petites maisons, d'arbres et de neige, mais au bout d'un moment, des petites maisons, des arbres et de la neige, tu en as ras la casquette. Par bonheur, il y a un train toutes les demi-heures et en vingt minutes on est à Tallinn.

– Tu n'as plus ta vieille ZAZ ?

– Si, mais je ne l'utilise pratiquement plus.

– Toujours jaune canari ?

– Non. En 2010, j'ai dû la faire repeindre et j'ai opté pour un bleu foncé, c'est moins voyant.

Kurismaa était allé chercher son vieux maître à la gare et, afin de bavarder tranquillement, ils s'étaient réfugiés dans une pâtisserie de la rue Vana-Kalamaja. Non point une de ses grandes pâtisseries aux vitrines éclairées et débordantes de gâteaux colorés. Une petite boutique charmante, qui faisait l'angle. Depuis la rue, on la voyait à peine et, pour y entrer, il fallait descendre trois marches. On se serait cru débarquer dans le salon de deux vieilles filles, et il n'est pas exclu que les propriétaires le soient vraiment. Elles avaient aménagé la salle avec de vieux meubles dépareillés ; un divan de velours, deux fauteuils au cuir usé, une table ronde avec pour ornement des têtes de tigres sur les pieds, d'autres faites de planches d'échafaudage et un grand poêle à bois qui vous donnait l'impression d'être chez vous. Un coin d'habitués : des étudiants qui préparaient leurs examens et des jeunes créatifs qui, tablette sur les genoux, avaient là leur bureau pour le prix d'un café et d'une portion de tarte.

Sur la table de Kurismaa et de Paul Veiman aussi fumaient deux grandes tasses de café, mais, au lieu de la tarte, il y avait deux barquettes de pelures de pommes de terre croquantes, à peine sorties du four.

– Tu voulais me parler de l'homicide du train, n'est-ce pas ?

– Oui. Kalio m'a confié l'enquête sur la mort de ce Russe.

– Il ne décolle plus les fesses de son fauteuil, le vieux Kuslap, hein ?

– Il est devenu commissaire-chef. Lui, il dirige et les autres obéissent. Ça fonctionne comme ça.

– C'est toi qui aurais dû être à sa place. Si on était parvenu avant à se débarrasser de certaines personnes, le fait d'avoir eu un père dissident serait devenu un atout et non un frein !

– Bah, ça n'a plus d'importance. Kalio est un brave type, et un ami.

– D'accord, laissons tomber. Dis-moi ce que tu veux savoir sur le Tallinn Express, mais je t'avertis : moi, dès que je monte dans un train, je m'endors. J'ai d'ailleurs failli m'endormir aussi sur le trajet de Nõmme à ici.

– Dans la gare de Narva, as-tu remarqué quelque chose de bizarre ?

– Je dirais que non. Il y avait peu de monde, mais ça, en hiver, c'est plutôt habituel. Depuis que j'ai une maison à Narva-Jõesuu, je suis devenu un client régulier et je me demande comment la GoRail s'en sort avec le peu de voyageurs qu'elle transporte.

– La victime aussi était un client régulier : Igor Semenov. Tu le connaissais ?

– Non. J'ai vu d'ailleurs sa photo dans le journal, mais ça ne m'a rien rappelé. Je n'ai jamais été très physionomiste, et puis, comme tu vois, mes lunettes deviennent de plus en plus épaisses. En tout cas, je suis sûr de ne lui avoir jamais parlé.

Les barquettes eurent tôt fait de se vider ; Marko en commanda deux autres.

– Nous avons des soupçons sur deux types en particulier. L'un est videur dans un night-club. Il semble avoir eu, il y a quelque temps, un différend avec Semenov.

– Un gros, plein de tatouages ?

– Je ne l'ai pas encore vu. Je compte bien faire sa connaissance ce soir, mais, d'après la description que tu m'en donnes, je dirais que c'est celui auquel tu penses.

– Oui, je l'ai croisé souvent à bord et, chaque fois, j'ai été tenté de le balancer du train en marche. Mais je ne me souviens pas s'il était là aussi ce soir-là. En tout cas, si tu le suis à la trace, tu trouveras du sordide.

Il but une gorgée de café et reprit :

– Tu me disais que vous aviez un deuxième suspect.

– En effet, un trafiquant de DVD pornos. J'ai l'impression que la veuve Semenov le connaît bien, même si elle le nie.

– Oh oui, s'il te plaît, dis-moi qu'il s'agit d'une belle histoire sentimentale : amour et mort, sexe et crime, un classique.

Toujours le même histrion ; et Marko le revit la craie à la main, devant une classe de recrues suspendues à ses lèvres.

Ils parlèrent encore un peu de l'affaire et le vieux lui renouvela son invite à s'intéresser à Hillar Sirp. Kurismaa vit là, si ce n'est une illumination, du moins une bonne idée. Puis la conversation s'orienta vers des sujets plus généraux : les nouvelles méthodes d'investigation, le monde qui changeait…

Il eut l'impression que, en dépit de sa maison au bord de la mer et de sa retraite tranquille à Nõmme, Veiman s'était laissé envahir par une mélancolie chronique, par un pessimisme sans rémission. Son épouse était une petite femme insignifiante, éternellement affectée de mille maux imaginaires, mais il avait de bons rapports avec sa fille et, il le lui avait confié un peu auparavant, un petit-fils était en route. Et pourtant…

Après plus d'une heure de bavardage, ils sortirent et se saluèrent.

– Je te raccompagne à la gare ?

– Ta voiture est garée tout près ?

– Tu plaisantes ! Moi, la voiture, je la prends le moins possible.

– Tu pratiques toujours ton truc, là, avec les bâtons ?

– La marche nordique ? Oui, toujours. Ça me tient entraîné pour le fond, même si, à vrai dire, ces dernières années, j'ai peu skié.

– Eh, tu vieillis toi aussi. Moi, ça fait un moment que j'ai arrêté de skier.

– Tu as arrêté ? Alors que, à un an de la retraite, tu as gagné la course des trente kilomètres de la police ?

– Dans la catégorie seniors !

– N'empêche que tu as gagné ! Je n'arrive pas à t'imaginer en train de raccrocher tes skis.

– Tu devrais, pourtant, car ça arrive plus tôt qu'on le croit.

Marko se dit qu'il valait mieux ne pas y penser du tout, puisque ça finirait bien par arriver.

– Alors, je te raccompagne ?

– Tu veux rire ! J'ai arrêté le ski de fond, mais je n'ai pas besoin d'une aide-soignante pour faire deux cents mètres à pied.

Ils se serrèrent longuement la main, en se regardant droit dans les yeux, comme si, en cet instant, ils passaient en revue toutes les années où, d'une manière ou d'une autre, ils avaient travaillé ensemble.

Puis Marko se dirigea vers le commissariat central, sans bâtons mais d'un bon pas, comme pour exorciser la peur de vieillir. Et il se dit que marcher ne suffisait pas ; avec ce ciel limpide et froid, la journée serait parfaite avec les skis aux pieds, à avaler les kilomètres au milieu des bouleaux décharnés. Un jour, un jour seulement de folie, de transgression : se faire porter pâle et aller skier. Mais Kaspar, le fidèle et irréprochable inspecteur Kaspar Mand, l'avait averti par SMS qu'il l'attendait pour lui communiquer les informations qu'ils avaient recueillies : il ne pouvait pas le décevoir. Peut-être qu'un jour le commissaire Kaspar Mand serrerait longuement la main à un ex-commissaire Kurismaa chenu et résigné, en songeant à toutes les années au cours desquelles il lui aurait servi de maître. Car il est beau d'avoir des maîtres et de se montrer reconnaissant envers eux.

L'ineffable Mand, qui avait flairé son arrivée, se matérialisa dans son bureau et se campa devant lui comme un écolier au tableau.

– Assieds-toi, s'il te plaît. Quelle perche tu fais, debout, je risque d'attraper un torticolis.

Dès que ses fesses touchèrent le similicuir de la chaise, sa bouche s'ouvrit et commença à mitrailler de mots le pauvre Kurismaa qui, desservi par le passage du froid au chaud, peinait à garder les yeux ouverts.

– Je n'ai trouvé aucun lien entre Olga Voronova et Nikolaï Podgorny, mais j'en ai trouvé un entre elle et Alexeï Podgorny : ils étaient à l'école ensemble quand ils avaient treize ans. Leur collège était à côté de Balti Jaam. Alexeï Podgorny est le frère cadet de Nikolaï, de cinq ans plus jeune. Contrairement à lui, Alexeï a un casier judiciaire vierge. Il travaille à la station-service du grand centre commercial de la rue Endla.

Ce centre commercial se trouvait à une centaine de mètres de la rue Madara, c'est-à-dire de la maison de Lena Smuul, l'hôtesse de la voiture-bar. Marko mit quelques secondes à comprendre que ce lien n'avait aucun sens, mais rien à faire : au début d'une enquête, les éléments épars semblaient vouloir se combiner entre eux à tout prix.

Le commissaire retrouva toute sa lucidité et demanda :

–Aurais-tu à tout hasard les photos de Nikolaï et d'Alexeï Podgorny ?

– Bien sûr.

– Tu les as trouvées au bureau des passeports ?

– Non, sur Facebook.

Malédiction. À l'ère d'Internet et des réseaux sociaux, jouer au policier était devenu un vrai jeu d'enfant. Plus besoin de flics ; les jeunes n'usaient plus leurs semelles à parcourir le couloir des archives ou le chemin du bureau des passeports ; tout au plus usaient-ils le bout de leurs doigts à coups de clics. Et durant le temps que son esprit avait employé à élaborer ces considérations de dinosaure, l'autre, le jeune, avait allumé sa tablette et exhibé les deux portraits côte à côte.

– Tu es sûr que ce sont deux frères ?

– Ils ne se ressemblent pas, hein ?

– On dirait que la nature a tout donné à l'aîné et rien au cadet.

La voilà, l'histoire d'amour ou de mort que Paul Veiman réclamait haut et fort. La belle Olga est l'amie du vilain Alexeï. Une amitié entre pauvres, entre marginaux. Le vilain Alexeï rêve sans doute d'un peu plus que d'une simple amitié, mais un jour il commet l'erreur de lui présenter son frère, celui qui a une gueule de cinéma, le rival russe de James Bond. Et l'amour commence alors. Un amour avec beaucoup de promesses et peu de moyens. Elle vend des légumes au marché, lui vivote du trafic de films pornos. Ils voudraient se marier, mais misère et pauvreté n'engendrent que la faim. Et ainsi, quand Semenov commence à faire la cour à Olga, Nikolaï ne s'y oppose pas : le fric du vieux est une garantie de bonheur futur, un chèque à encaisser en temps utile. Or, voilà le moment venu : Olga ne supporte plus de vivre avec Semenov, Nikolaï ne supporte plus de vivre sans Olga. Résultat : une bouteille de Vana Tallinn empoisonnée.

Cependant, alors qu'ils vont réaliser leur rêve, pensa Kurismaa, je viens tout détraquer.

Il chassa le sentiment de culpabilité d'un léger haussement d'épaules. Si c'était bien la bonne piste, il avait affaire à une espèce de veuve noire et à un type qui non seulement avait tué, mais qui faisait se prostituer des mineures. Peu lui importaient leurs rêves !

– As-tu d'autres flèches à ton arc ?

Kaspar écarta les bras de dépit :

– J'ai lancé un avis à tous les commissariats afin qu'ils nous signalent la présence de Nikolaï, mais, pour l'instant, aucune nouvelle.

– Ni du poste frontalier de Narva ?

– Non.

– Les salauds, s'exclama le commissaire.

Et cette imprécation contenait plus qu'une simple hypothèse : une certitude.

– Kaspar, procure-toi tout de suite les noms des collègues du poste-frontière de Narva et repère le plus jeune. Appelle-le, et demande-lui… ou plutôt, non… peux-tu trouver ça à l'aide de mon ordinateur ?

– Sûrement !

– Bien, alors installe-toi à mon bureau et bosse.

Marko se leva et gagna la fenêtre. Le soleil était à son point le plus haut, si on pouvait qualifier de haut le zénith d'hiver. Bientôt, le crépuscule allait baigner la ville d'une lumière grise et laiteuse, avant de la plonger dans l'obscurité la plus totale. Parfois, avec Kristina, ils imaginaient leur retraite dans un lieu chaud et ensoleillé : la Grèce, l'Italie, le sud de la France ou l'Andalousie de Pedro. Mais l'âge du départ était encore loin et le montant si incertain que leur projet se réduisait à un rêve : après une vie de labeur, ils finiraient peut-être leur vie à Nõmme, en mourant d'ennui et de mélancolie, comme Paul Veiman.

– Ça y est, chef. J'ai trouvé le nom du plus jeune et le numéro de téléphone du poste frontière.

– Bien. Appelle-le et demande-lui si, hier, notre Nikolaï Podgorny est allé en Russie, ce qui me paraît fort plausible, et si par hasard il est revenu, ce que je ne crois pas du tout. À mon avis, dès que les journaux en ligne ont annoncé que nous menons l'enquête, il a eu chaud aux fesses et il est allé se planquer chez ses complices à Ivangorod.

Kaspar Mand décrocha le combiné, mais Kurismaa l'arrêta :

– Comment penses-tu t'adresser à lui ?

– Je vais lui demander s'il a vu Nikolaï Podgorny.

– Essaie de réfléchir un instant : de Narva, personne n'a donné de ses nouvelles, ce qui veut dire que, ou bien il n'est pas passé par là, ou bien ils ne veulent pas nous le dire.

– En effet.

– Et comment penses-tu convaincre le collègue de cracher ce que ses supérieurs lui ont interdit de révéler ?

L'autre resta silencieux. Heureuse jeunesse !

– Bon, appelle et, dès qu'il te dit qu'il n'a pas vu notre ami, gueule-lui dans le tympan ces mots précis :

« Écoute-moi bien. Soit tu me dis la vérité, soit mon chef arrête ta copine Lena Smuul, la fout en taule et lui dit que tu es son accusateur principal. »

L'autre acquiesça en silence, mais le commissaire ne s'en contenta pas.

– Tu es prêt à jouer le méchant flic ?

– Je crois.

Trois minutes de communication convainquirent Marko que Kaspar ne deviendrait jamais un méchant flic. Quand il reposa le combiné, son visage était rouge de honte et ses mains tremblaient pour prendre le bloc-notes sur le bureau et noter quelques numéros : 0004 - 19.10 - 22.05. Il arracha le feuillet du bloc et le tendit à son supérieur.

– Il ne s'est pas sauvé hier matin, mais hier soir. Il a pris le GoRail n° 4 pour Moscou à 19h10 et est arrivé à Narva à 22h05 ; ensuite, il a poursuivi vers la Russie. Le voilà hors d'atteinte. Je me demande pourquoi il n'est pas parti dès qu'il a su pour notre enquête et pourquoi il a couru le risque d'être capturé.

– Il ne lit peut-être pas les journaux et encore moins les infos sur Internet. Il a pensé que tout le monde prendrait l'empoisonnement pour un infarctus et qu'il n'y aurait jamais d'enquête. D'après moi, dès que je suis sorti de chez les Semenov, la jolie veuve a téléphoné à son amant et l'a informé de nos soupçons. Il a alors sauté dans le premier train pour la Russie. Moi, j'ai salué Olga Semenova vers midi, et je crois bien qu'entre midi et 19h10 la GoRail n'a pas de trains pour Moscou ou pour Saint-Pétersbourg.

– Il aurait pu quitter le territoire en voiture, ou prendre un train de la Elron jusqu'à Narva, et de là traverser la frontière à pied.

– Tu n'as pas compris. Nikolaï Podgorny doit disposer d'une sorte de laissez-passer permanent, mais valable seulement à la frontière ferroviaire de Narva, où il s'est mis nos braves sous-officiers dans la poche avec quelques vidéos pornos, et peut-être bien avec quelque gamine russe qui rapplique de temps en temps d'Ivangorod pour leur tenir compagnie. Aux autres postes-frontières, quelqu'un pourrait signaler sa présence, mais à bord des trains de la GoRail, il se sent en sécurité, si bien que nous n'aurions jamais été au courant de sa fuite si tu n'avais pas cuisiné à fond ce pauvre diable, qui est déjà le souffre-douleur de ses supérieurs.

– Vous pensez que j'y suis allé trop fort avec le collègue ?

Le jour de la distribution du sens de l'humour, Kaspar Mand devait être malade, aussi Kurismaa s'amusait-il à le mettre en difficulté.

– Probablement, les autres vont le bourrer de coups de pied, mais maintenant au moins on sait que Podgorny s'est enfui et on peut même deviner pourquoi. Sans compter que tout ça renforce l'hypothèse d'une implication de Mme Semenova. Tu as fait du bon boulot, et ne t'inquiètes pas trop pour le collègue.

– Vous allez demander un mandat pour Olga Semenova ?

– C'est trop tôt. Je vais retourner l'interroger, mais pas tout de suite. Il vaut mieux qu'elle se croie encore tranquille : qui se sent en sécurité commet des erreurs.

En revanche, tu m'as dégoté l'adresse du bordel où travaille Hillar Sirp ?

– Oui, rue Inseneri, à l'angle de Viru Väljak; au niveau de l'arrêt du tram; ça s'appelle le *Baltic Gentlemen's Club*. L'établissement compte deux étages.

– Tu as l'air de bien le connaître !

Kaspar rougit :

– J'y suis allé une fois seulement. Un de mes amis avait organisé son enterrement de vie de garçon, mais j'ai juste bu, c'est tout. On n'a même pas loué un salon privé.

– Tu n'as pas à t'excuser. Et puis, ta vie sexuelle ne me regarde pas, même si j'aurais tendance à trouver bizarre qu'avec toutes nos collègues femmes qui te font les yeux doux ici, tu ailles te chercher des prestations payantes. Mais, *de gustibus non disputandum est.*

– Quoi ?

– C'est du latin, ça signifie qu'on ne discute pas des goûts et des couleurs, en clair, que si, aux beautés de la police, tu préfères celles du *Baltic Gentlemen's Club*, nul n'a le droit de te le reprocher. En fait, je suis en train de me foutre de toi !

Kaspar fit la moue et demanda :

– Pourquoi vous préférez aller interroger Sirp au club de strip-tease, au lieu de le convoquer ici au central ?

– Pour le mettre en difficulté. Les mecs comme lui sont aussi engagés pour tenir la police à l'écart, pas pour l'amener. Et comme Paul Veiman m'a dit que Sirp est un type à qui il casserait bien la gueule, j'aurai un immense plaisir à l'emmerder un peu. Ce soir, je veux voir comment il réagit.

– Vous voulez que je vienne avec vous ?

Kurismaa eut une vision terrible : Kaspar Mand tremblant devant Sirp, car, parmi les nombreuses vertus de Kaspar, le courage laissait quelque peu à désirer. Ou, plutôt : Marko était sûr que si son collègue devait s'exposer pour sauver quelqu'un, il le ferait sans hésiter ; ce qui lui manquait, c'était ce brin de bravoure nécessaire pour traiter avec des types de cet acabit. De temps en temps, il fallait se montrer un peu fils de pute, ce qui n'était vraiment pas le genre de Kaspar.

Pour ne pas l'humilier, le commissaire trouva un prétexte :

– Ce n'est pas la peine. Sirp est un client intéressant, mais ce n'est pas le seul. J'aimerais mieux que, maintenant, tu essaies de dénicher de nouveaux éléments sur Igor Semenov. La piste de la femme et de l'amant me paraît la plus prometteuse, mais j'ai le sentiment qu'un truc m'échappe.

Ce n'était pas seulement un prétexte. Au fond, il ne savait de la victime que ce que contenait le dossier préparé par les jeunes inspecteurs, une sorte de curriculum vitæ que Semenov aurait pu présenter à n'importe quelle multinationale pour se faire embaucher. Mais il est rare qu'une bonne raison de se faire tuer figure sur la page présentable de son existence ; le plus souvent, elle se cache entre les plis de ce qu'on voudrait oublier et faire oublier ; les archives de la police servaient justement à rappeler ce qu'on aurait préféré destiner aux oubliettes. Mais Kurismaa détestait fouiller dans les archives, tandis que Mand était une vraie bête de recherche documentaire, il s'entendait à faire parler les dossiers et les rayons, comme d'autres les témoins récalcitrants.

Non, c'était loin d'être seulement un prétexte.

12

Devant le *Baltic Gentlemen's Club*, on trouvait peu de gentlemen et même, pour être exact, aucun. Naturellement, à l'intérieur la situation n'était pas différente. Devant la porte se rassemblait un comité d'Allemands qui arrivaient par petits groupes du tout proche Viru Hotell. Ils parlaient fort, emplissant l'air d'accents gutturaux. L'un d'eux, déjà réchauffé par la vodka, avait défait son manteau et montrait, pendu à son cou, le badge de quelque congrès. Des économistes ? Des scientifiques ? Des vendeurs de titres financiers toxiques ? D'autres, à l'écart, téléphonaient chez eux. Marko, qui ne comprenait pas un traître mot d'allemand, voulut imaginer la teneur de leur conversation : « Bonsoir, chérie ! Comment ? Ça oui, il fait un froid terrible. Je suis sorti un moment, mais là il va falloir que je rentre car la séance du soir va commencer. Non, je ne peux pas aller me reposer, on doit tous être présents. Oui, c'est assommant. Songe que, avant d'aller dormir, je dois encore revoir ma présentation de demain. Je crains bien de ne pas pouvoir te rappeler avant que tu ailles te coucher. Dis bonsoir aux enfants. Oui, moi aussi je t'aime très fort. »

Et aussitôt après avoir envoyé un baiser à leur femme, les voilà prêts à baver devant une gamine qui tortille du cul au rythme de la musique.

Sur le seuil, à ordonner le flux des satyres allemands, mais aussi finlandais, anglais et, naturellement, estoniens, une armoire à glace vêtue d'un blouson de cuir. Kurismaa se mit dans la file, comme un client quelconque. Quand l'autre lui fit signe de passer, il se campa devant lui et le fixa droit dans les yeux :

– Tu es Hillar Sirp, n'est-ce pas ?

– Oui, je suis Hillar Sirp, et alors ?

– Et alors j'aimerais savoir si c'est toi qui as buté Igor Semenov, l'autre soir, à bord du Tallinn Express.

– Putain, de quoi tu parles ?

– Je t'ai demandé si c'est toi qui as buté Igor Semenov. Tu le connaissais, n'est-ce pas ?

Pêché à l'improviste, Sirp, presque inconsciemment, admit :

– Ça remonte à loin. Ça fait un bail que je ne bosse plus pour lui.

– Et donc, ce n'est pas toi qui l'as buté dans le train.

– Je ne savais même pas qu'il y était.

– Et toi, tu foutais quoi, dans le train ?

– Merde, c'est pas tes oignons.

Derrière, ça commençait à s'agiter : l'Allemand en rut ne peut pas attendre.

– Maintenant, va te faire foutre, avant qu'une torgnole te tombe sur la gueule.

Marko exhiba sa carte.

– Avec ça, je reste ici autant que je veux. Jusqu'à ce que tu me dises ce que tu branlais dans ce train avant-hier soir.

– J'étais allé voir des amis à Saint-Pétersbourg.

– Des amis qui n'aimaient pas trop Igor Semenov ?

– Je t'ai dit que je n'ai rien à voir avec…

Il ne termina pas sa phrase : le coup de genou que Kurismaa lui décocha dans le bas-ventre lui avait coupé la chique.

Derrière, le grondement devint un chœur de protestations et, de l'intérieur, quelqu'un accourut.

– C'est quoi le problème ?

L'auteur de la question était un type d'une cinquantaine d'années. Costume élégant, de coupe étrangère, italienne ou française, tronche d'« affairiste louche » : le propriétaire de l'établissement, ou son plus fidèle laquais.

Le commissaire présenta de nouveau sa carte :

– Votre videur ne paraît pas très bien. Il doit avoir des aigreurs d'estomac.

L'autre comprit tout de suite. Il sortit de sa poche un talkie-walkie et, en pressant un bouton, il dit quelque chose que Kurismaa ne saisit pas.

Aussitôt déboula une autre armoire à glace, pour superviser l'entrée des clients : cette fois, il avait le crâne rasé et la peau noire.

– Que puis-je pour vous ? Demanda, servile et hypocrite, l'élégant.

Marko resta indécis, hésitant entre sévir encore ou s'en aller.

– Naturellement, si vous voulez entrer, vous êtes toujours le bienvenu ; les filles adorent les flics.

– Va te faire foutre, connard.

Il s'en alla, tandis que la file recommençait à avancer.

Il n'avait rien obtenu, du moins à première vue. Mais, derrière le voile des apparences, l'expert détective savait reconnaître un résultat important : Hillar

Sirp était énervé à présent. Et un mec énervé commet des erreurs.

Rue Aia, tout près de là, stationnaient des taxis. Marko fut tenté d'en prendre un, mais lui aussi se sentait trop énervé pour aller se coucher tout de suite. Une promenade lui ferait du bien et peut-être qu'alors, une fois posée la tête sur l'oreiller, l'habituel défilé de cauchemars n'interviendrait pas.

Dans la rue principale de la vieille ville, les gens se hâtaient en quête d'un endroit où s'abriter. En passant devant les vitrines du *Clazz*, Kurismaa y jeta un œil ; il aperçut sur le podium un orchestre de jeunes qui, manifestement, ne jouaient pas du jazz : sans doute des reprises édulcorées de groupes rock américains. S'ils continuaient ainsi, autant appeler ce café « Clock » : dommage.

En le voyant en train de regarder à travers les vitres, une fille aux cheveux noirs et au teint olivâtre lui demanda s'il avait besoin de compagnie. Marko lui sourit :

– Non, je te remercie, c'est très aimable à toi.

– Je ne suis pas chère, tu sais.

– Quel dommage. Jolie comme tu es, tu devrais coûter plus !

En vérité, il était difficile de faire concurrence aux Estoniennes. Combien de frontières cette fille avait-elle dû traverser pour venir jusqu'ici se vendre comme marchandise de second choix, dans le froid des nuits de Tallinn ?

Néanmoins, elle apprécia le mensonge et le remercia d'un sourire.

Il passa outre, avec un sentiment de mélancolie, et déboucha sur la Raekoja Plats. Dans la nuit d'hiver, la vieille place retrouvait le charme que la foule des touristes lui volait durant l'été. D'accord, il restait les pizzerias, les restaurants avec les photos géantes de plats affichées dehors, les enseignes des magasins de souvenirs ; mais, à contempler les façades des maisons rendues au silence, on pouvait encore s'imaginer au XVIe siècle, lorsque ce cher Vana Toomas avait été placé sur le toit de l'hôtel de ville[6]. Avec ses remparts et ses ruelles étroites, le vieux Tallinn était une cité refuge. Tartu aussi était très belle, sa ville natale : élégante ; mais elle ne protégeait pas. Et elle renfermait trop de mauvais souvenirs. Tallinn l'avait accueilli, Tartu l'avait rejeté. Vive Tallinn ! Pour toujours.

L'autre côté de la colline, qui abritait la vieille ville, était si c'est possible encore plus silencieux que celui d'où il venait. Le long de la descente qui menait à la gare, on ne voyait ni voitures ni passants : encore un kilomètre et il serait à la maison.

Il repensa à Hillar Sirp. Le coup de genou qu'il lui avait flanqué était un bon avant-goût, mais ce n'était pas suffisant ; Paul Veiman avait bien raison : Sirp vous donnait vraiment envie de l'étrangler, lui et ses tatouages de néonazi. Mais avant de pouvoir établir ses responsabilités dans le meurtre de Semenov, le chemin était encore long, à condition que le trajet ne soit pas celui qui conduisait chez la belle Olga Semenova et son supposé amant.

6. Vana Toomas (le Vieux Thomas) est un étendard girouette placé en 1530 sur la plus haute flèche de l'hôtel de ville ; c'est un des symboles de Tallinn.

Là où s'arrêtaient les habitations, la route continuait à travers le parc qui bordait les remparts de la ville. Cette portion était toujours sombre : l'été, lorsque les feuilles des arbres masquaient les lampadaires, et l'hiver, lorsque ces mêmes lampadaires étaient incrustés de neige gelée qui les transformait en boules d'albâtre. Kurismaa s'arrêta pour lire une affiche : au théâtre de l'Opéra, on jouait *Turandot*, il pourrait y emmener Kristina. Soudain, une douleur, terrible. Ce n'est qu'une fois au sol qu'il comprit ce qui lui arrivait : quelqu'un, surgissant de derrière le panneau, lui avait asséné un coup de bâton sur les rotules. Il se retourna sur le dos, juste à temps pour voir la silhouette de son agresseur brandir de nouveau le bâton. D'instinct, il roula sur le côté et le coup s'abattit à vide. Puis, avec la raison cette fois, il chercha son pistolet sous son manteau et le trouva : viser la grosse cible, au cœur ou à la tête, était le choix le plus sûr ; à cette distance, il aurait certainement fait mouche. Pourtant, cette forme très particulière de coercition à agir qu'est l'entraînement le conduisit à courir le risque d'épargner la vie du salaud. Avoir un pistolet dans la main, c'est comme être sur la crête d'une montagne : tu peux tirer pour tuer et te précipiter dans le gouffre d'un procès interminable, ou bien tirer en l'air et risquer de t'écraser dans un autre ravin, celui où tu as le dessous ; la seule manière de rester sur la crête, c'est de tenter de faire à l'autre plus de mal qu'il ne peut t'en faire, mais sans le tuer. Voilà ce que disait l'entraînement. Kurismaa visa à l'épaule et pressa la détente, puis, dans ses yeux, la lumière pâle des lampadaires s'éteignit elle aussi, tandis qu'une autre douleur lui traversait le corps.

13

La lumière qui revint n'était plus le faible halo des lampadaires : c'était un éclat froid de néon qui, réfléchi par les murs, prenait des nuances vert clair. À sa gauche, un appareil scandait le temps de bips qui avaient sans doute un lien avec ses battements cardiaques. Il comprit qu'il avait atterri à l'hôpital, mais sans pouvoir se rappeler si c'était lui qui avait eu le dessous ou son agresseur, s'il était resté sur la crête ou s'il était tombé dans le ravin.

Lorsqu'il se tourna vers la droite et qu'il aperçut le visage de Kalio Kuslap, il craignit que la mort ne soit proche, tant ce dernier était crispé. Pourtant, il ne se sentait pas si mal.

– Ce n'est pas ta tête qu'on aimerait voir en se réveillant dans un lit d'hôpital.

Le commissaire-chef, retrouvant aussitôt un air plus détendu, répondit du tac au tac :

– Ce n'est pas ma faute si tu vis seul comme un chien. Si au moins tu t'étais décidé à te marier, elle serait là à ma place, la pauvre.

Marko redevint plus sérieux :

– Merci, Kalio. Désolé qu'on t'ait tiré du lit en pleine nuit.

– Penses-tu, avec le fils que je me trimbale, je suis habitué à être réveillé aux pires heures.

– Ça fait longtemps que tu es là ?

– On m'a appelé vers trois heures, là il est sept heures et quart.

Kurismaa essaya de bouger un peu : seuls les genoux lui faisaient mal, mais la douleur était supportable. Il pouvait les plier, donc on ne l'avait pas plâtré.

– Qu'est-ce qui s'est passé ?

– Il semblerait qu'on t'ait balancé une décharge électrique : un taser, ou un truc de ce genre. Le problème, c'est qu'ils t'ont laissé là dans le froid : tu aurais pu y laisser ta peau, par hypothermie.

– Qui est-ce qui m'a trouvé ?

– On a téléphoné au central d'une des cabines devant la gare. Une voix de femme, à l'accent étranger.

– Sans doute la prostituée que j'ai rencontrée juste avant, devant le *Clazz*.

Kalio sourit :

– Sauver une prostituée et être sauvé par elle, c'est très romantique !

Embarrassé, Marko changea de sujet :

– Que disent les médecins ?

– Ils veulent te garder un peu en observation, mais tu devrais pouvoir rentrer chez toi aujourd'hui même.

– On est à l'hôpital provincial ?

– Où veux-tu qu'on soit ? Dans une clinique de luxe pour flics tabassés ? Toutefois, comme tu vois, on t'a donné une chambre pour toi tout seul.

Marko se dit que, quelques étages plus bas, dormait bien plus profondément Igor Semenov, l'homme à l'origine de cet enchaînement de faits.

– Tu te sens capable de me raconter ce qui s'est passé ?

Kurismaa décrivit à son chef sa rencontre avec Hillar Sirp devant le night-club, le coup du bâton surgi de l'ombre et du pistolet extrait de son manteau. Là, il s'arrêta :

– Vous n'avez trouvé personne à côté de moi ?

– Quelques taches de sang qui allaient jusqu'à la chaussée. Tu l'as touché, et il s'est sûrement enfui en voiture.

– Ils devaient être deux. Le premier m'a frappé avec le bâton, puis, quand je l'ai blessé, l'autre est intervenu pour m'étourdir avec le taser. Ils m'ont piqué mon flingue ?

– Non. Ils ne t'ont rien pris. Mais ils auraient pu te tuer.

– S'ils avaient voulu me buter, ils l'auraient fait, mais leur intention était juste de me donner une leçon. C'est la réaction épidermique de Hillar Sirp à ma provocation. À mon avis, il n'a rien à voir avec le meurtre de Semenov, sinon il se serait montré plus prudent.

– Bien ! Si pour découvrir un innocent tu t'es fait massacrer, imagine pour découvrir le coupable ! Moi, je ne sous-estimerais pas ce salaud : peut-être qu'il ne t'a pas tué parce que ses chefs lui ont dit de te donner seulement un avertissement. Toi, tu crois qu'il a agi par impulsion et pour des raisons stupides, mais il pourrait s'agir d'un imbécile au service d'un mafieux qui avait des comptes à régler avec Semenov, et qui ne veut pas attirer sur lui la police en tuant un flic, mais qui, en même temps, dit clairement et nettement qu'il veut qu'on lui foute la paix. D'ailleurs, tu es sûr qu'il s'agissait bien de Sirp ?

– D'après la stature, je dirais que oui, mais il avait une écharpe sur la bouche et un chapeau enfoncé presque jusqu'aux yeux. En tout cas, essayez de le retrouver : s'il est blessé à l'épaule droite, ça signifie que c'est bien lui et que je sais encore viser.

– Je vais dès aujourd'hui chez le juge lui réclamer un mandat, comme ça on le boucle pour tentative d'homicide et on se le garde au chaud au cas où tu te tromperais et qu'il pourrait nous servir pour notre enquête.

– Sans compter le service que nous rendons à l'humanité en le retirant de la circulation pendant un moment.

– Je vois que tu as retrouvé ta bonne humeur.

– Je fais de mon mieux.

– Si ça t'aide à retrouver le moral, je peux te dire que, hier matin, on a retrouvé un deuxième Russe. Mort de façon stupide.

– Comme j'ai déjà eu l'occasion de le dire, j'ai détesté les Russes toute ma vie durant, mais pas au point d'aller lire leurs rubriques nécrologiques dans les journaux.

– D'accord, mais celui-là est mort bêtement : à cause du prix Darwin.

– Et c'est quoi, ça, le prix Darwin ?

– C'est un truc qui circule sur Internet ; une mention virtuelle à ceux qui, mourant pour des conneries, contribuent à améliorer l'espèce en débarrassant le monde de leur présence. C'est pour cela que, en parlant de Hillar Sirp, j'en suis venu à penser au Russe.

– Eh bien, raconte voir comment il a clamsé.

– Tu vois la piste de ski de fond de Pirita ?

– Bien sûr. Je préfère d'autres endroits, mais pour s'entraîner c'est idéal : à dix minutes du centre, et elle est éclairée, on peut donc même skier de nuit.

– Voilà, cet imbécile s'entraînait de nuit et il a fini en hors-piste, là où le tracé longe le fleuve. Il a crevé la glace, est tombé dans l'eau et n'en est plus ressorti.

– Tu imagines, sortir de l'eau avec les skis aux pieds ? J'ai toujours pensé que cette portion était dangereuse. Elle ne fait qu'une cinquantaine de mètres, mais c'est une descente plutôt raide, avec un virage au bout. Si un débutant perd le contrôle, il est clair qu'il termine sur la glace du fleuve, et si elle est mince, il plonge. Je suis étonné que ça n'arrive pas plus souvent.

– C'est justement parce que ça n'arrive pas souvent que notre Sergeï Bivlov a obtenu le prix Darwin.

– Comment tu dis qu'il s'appelle ?

– Sergeï Bivlov. Son nom, je me le suis imprimé dans la tête pour le proposer pour le prix.

– Si c'est le Sergeï Bivlov auquel je pense, il n'a pas pu finir tout seul dans l'eau !

– Pourquoi ça ?

L'esprit de Marko changea d'époque et de lieu. Otepää, février 1980. Sept adolescents sur la piste tous les jours, de l'aube au crépuscule. À l'école, ils y allaient après, en sport-études. Neige ou tempête, fatigués ou dispos, peu importe. Ils étaient les espoirs estoniens de l'équipe nationale de ski de fond soviétique. Les jeux Olympiques d'hiver de Sarajevo arriveraient dans quatre ans et chacun d'eux rêvait d'y participer. Sept adolescents, et quatre entraîneurs, tous des sous-officiers de l'armée Rouge ; les plus grands fils de pute que Marko ait jamais connus. Ils gueulaient leurs ordres comme, quelques mois plus tôt, avaient gueulé les leurs les agents du KGB qui avaient arrêté son père. Aucune échappatoire. Faire partie de l'équipe était un plaisir obligatoire : même les fils des dissidents étaient admis et contraints de s'entraîner. Face à la neige et au chronomètre, ils étaient tous égaux : lui, le fils d'un professeur en prison, et Sergeï Bivlov, le fils d'un apparatchik du parti. Marko haïssait Sergeï et Sergeï ne faisait rien pour se faire aimer, ni par lui ni par les autres. Il ne parlait pas, ne riait pas, ne partageait pas avec ses coéquipiers ses rêves olympiques. Lui, il ne rêvait pas d'aller aux jeux : il savait qu'il irait les disputer. Le chronomètre, impartial, lui donnait raison : parfois, sur trente kilomètres, les écarts entre Marko et lui dépassaient les trois minutes. Tous les autres étaient derrière. Cependant, quelque part, dans les immenses steppes russes, quelqu'un courait plus vite que lui, quelqu'un poussait plus fort sur ces maudits bâtons. Les jeux Olympiques, Sergeï Bivlov ne les a jamais disputés.

Sergeï Bivlov. En effet, sa mort aurait pu le réjouir. Et pourtant, à cause des circonstances, elle l'intrigua plus qu'autre chose. Ou bien il était imbibé d'alcool à faire pitié, ou bien Sergeï Bivlov n'était pas du genre à finir hors piste sans raison : ce n'était pas un bon candidat pour le prix Darwin.

– Il s'agit peut-être d'un homonyme, mais si c'est celui que j'ai connu il y a trente-cinq ans, il y a forcément anguille sous roche. Il skiait trop bien pour finir de cette façon.

– Tu es en train de me dire que je devrais ouvrir une enquête ?

– Sinon une enquête formelle, du moins une petite information.

– Et c'est toi qui t'en chargerais ?

– Moi, je suis ici sur un lit d'hôpital et, dès que je sors, je dois trouver qui a tué Igor Semenov. Néanmoins…

– Néanmoins, tu es curieux, pas vrai ?

– Disons ça.

– Alors je vais faire en sorte que tu en apprennes davantage. En premier lieu, dès que j'arrive au bureau, je te fais envoyer sur ton portable les photos prises par les collègues qui ont récupéré le corps.

– Merci.

– À présent, il faut que j'y aille.

– Bien sûr. Merci beaucoup d'avoir tenu le rôle de mon épouse inexistante.

– Il serait temps que tu t'en trouves une un peu moins inexistante.

– J'y penserai. En attendant, si tu le vois quelque part, passe-moi mon portable.

Kuslap regarda autour de lui et découvrit les vêtements de son ami entassés sur une chaise. Il fouilla dans les poches et lui tendit bientôt l'appareil :

– J'espère que c'est pour appeler une agence matrimoniale.

– Je peux peut-être faire mieux.

Dès que le commissaire-chef fut sorti de la chambre, Marko composa le numéro de Kristina et lui raconta sa mésaventure : le coup de bâton, la décharge de taser, l'appel probablement de la prostituée, le réveil sous le regard de Kuslap…

– Si au moins nous pouvions rendre publique notre relation, dans des situations pareilles, en reprenant connaissance, c'est toi que je retrouverais au lieu de Kalio.

– Tâche plutôt de ne plus te retrouver dans des situations pareilles !

Même après son passage à tabac il ne parvenait pas à l'attendrir. Toutefois, il parvint à lui arracher une promesse :

– Dès que je finis mon service, je viens te voir.

– Je serai sûrement à la maison, mais je t'enverrai un SMS pour te le confirmer.

– À ce soir.

– Je t'embrasse très fort.

Vers neuf heures, le Dr Pärn entra dans la chambre, une feuille à la main.

– Bon sang, docteur, vous ne perdez pas de temps : on n'est pas encore mort que le médecin légiste rapplique déjà pour l'autopsie. C'est si grave que ça ?

– Ne vous alarmez pas. Je voulais juste voir votre tête à mon arrivée.

– Comment saviez-vous que j'étais ici ?

– Les nouvelles vont vite, à l'hôpital.

– Je m'en suis aperçu. Mais vu que le rendez-vous avec la table de dissection est remis, je peux rentrer chez moi ?

– D'après votre fiche clinique, je dirais que oui. J'ai dit à mon confrère que je me chargerai moi-même de vous apporter le permis de sortie ; le voilà.

Sans même regarder le feuillet, Kurismaa bondit presque hors du lit.

– Du calme, commissaire ! Repos absolu pendant deux jours au moins.

– Évidemment, bien au chaud à la maison.

Mais, au ton, il donnait l'impression de quelqu'un qui n'entendait pas se reposer un seul instant. Cette impression fut confirmée l'instant d'après, tandis qu'il s'habillait :

– Dites-moi, docteur, hier, vous aurait-on remis, des fois, un client mort noyé à Pirita ?

– Vous voulez parler du skieur ?

– Oui, c'est bien lui. Pourrais-je le voir ?

– Je croyais que vous détestiez les morts…

– Figurez-vous que je détestais celui-là aussi de son vivant, mais, comme vous me l'avez dit l'autre jour, pour ne pas avoir affaire à la mort, je devrais changer de métier.

Habillé, Marko paraissait plus amoché qu'auparavant dans son lit. Son pantalon était tout autant maculé de boue que sa parka, mais il essaya de ne pas en faire cas et suivit le Dr Pärn en serrant dans sa main sa feuille de sortie avec la même impatience que, trente ans plus tôt, il aurait serré son passeport de sortie de l'Union soviétique, s'il avait pu en obtenir un.

Le docteur ouvrit un tiroir proche de celui qui renfermait encore Igor Semenov. Marko y découvrit le jeune homme qui, à Otepää, en 1980, battait tous les records : un peu blanchi, à ce que les cheveux blonds résiduels et coupés en brosse permettaient de voir, un peu empâté, outre les gonflements typiques des morts par noyade, mais finalement semblable à lui-même. Le noyé de Pirita était bien l'aspirant champion olympique que Kurismaa avait connu et détesté à l'adolescence. Quelle fin affreuse, mon ennemi : pas de médaille, pas de gloire et une mort stupide, digne du prix Darwin. À moins que…

– Dites-moi, docteur, vous avez déjà pratiqué son autopsie ?

– Non. Ces plaies mal recousues du cou au nombril, ils les ont tous désormais, c'est du dernier cri.

Marko le regarda, amusé : probablement, au cours de leurs études, les médecins légistes devaient-ils passer un examen du genre : « Théorie et pratique du sarcasme », en vue d'acquérir une dose de cynisme suffisante pour les mettre à l'abri de la dépression.

– Le résultat ?

– De l'eau dans les poumons comme unique cause de la mort, mais même s'il ne s'était pas noyé, il aurait crevé de froid.

– Quand est-il mort ?

– Dans la nuit entre avant-hier et hier.

– Et l'examen toxicologique ?

– Rien, pas même de trace d'alcool dans le sang. Un athlète pur et dur.

– Des blessures d'un genre ou d'un autre ?

– Aucune, toutefois on note un début d'hématome plutôt étendu sur le flanc droit. Je dirais qu'il s'agit d'une ecchymose *in limite vitæ* que l'eau gelée a bloquée dans son processus évolutif.

– Il aurait reçu un coup juste avant de tomber à la flotte ?

– C'est probable. D'un autre côté, le Pirita en cette période est gelé, donc, au minimum, il y a eu un contact avec la glace, et que le type l'ait brisée signifie que le choc a été assez violent.

Tout indiquait le caractère accidentel, mais Marko ne voulait pas se rendre à l'idée que Bivlov était mort par hasard. Peut-être qu'au fond de lui il préférait, pour cet adolescent odieux, une fin moins stupide, moins gratuite.

– Ses vêtements sont-ils ici ?

– Oui, je vais les chercher.

Personne n'avait donc eu l'idée de les examiner ?

Sans attendre le retour de Pärn, il referma le tiroir et murmura :

– Adieu, salopard. Une fois de plus tu es arrivé avant moi.

Et ces paroles, malgré leur signification, contenaient plus de pitié que de haine.

Le médecin vint déposer sur la table de dissection un sac plastique transparent :

– Voilà ce qu'il portait.

Au distributeur mural, Kurismaa prit une paire de gants en latex et ouvrit l'emballage. Ses mains cherchèrent immédiatement l'anorak et le tâtèrent au niveau du flanc droit, rencontrant aussitôt un petit accroc.

– D'après vous, cette déchirure correspond-elle à la zone de l'ecchymose ?

– Tout à fait, répondit Pärn.

Le commissaire examina le tissu de plus près :

– Auriez-vous s'il vous plaît des pinces et une éprouvette ?

– D'habitude, quand un amateur veut jouer au docteur, c'est pour ausculter une jolie fille, mais je vois que vous vous contentez de peu. Tenez.

Et il lui tendit, en ricanant, ce qu'il avait demandé.

Marko préleva à l'aide des pinces un petit éclat de fer rouillé qui, fiché dans le rembourrage de la doudoune légère, avait résisté au courant du fleuve et témoignait maintenant de l'impact entre le skieur et un objet métallique : un piquet, un débris ou peut-être même une barre.

Quand le fragment tomba dans l'éprouvette, il produisit, sous la puissante lumière de la lampe scialytique que Pärn venait d'allumer, un reflet verdâtre : une face de l'éclat conservant des traces de peinture. Kurismaa essaya de se rappeler si les lampadaires qui éclairaient la piste de fond étaient peints en vert, en vain. Il mit l'anorak de côté et poursuivit son examen des autres vêtements, mais sans rien trouver d'intéressant. Finalement, il replia le tout et le replaça dans le sac plastique.

– Je vous remercie, docteur. Vous m'avez été fort utile.

– À présent, je peux espérer que vous alliez vous reposer ?

– Certainement. Et, pour vous le prouver, je vous demande de m'appeler un taxi pour me ramener à la maison.

– À vos ordres. Ça me fait plaisir que vous preniez cet hôpital pour un hôtel, mais tâchez de ne pas y séjourner trop souvent. Je n'ai aucune envie de devoir vous ouvrir le ventre.

Bien au chaud à la maison. Et, vers le soir, un thé brûlant avec Kristina. Il devrait presque remercier ce connard de Hillar Sirp : dès qu'il aurait été pris, il trouverait bien un moyen de lui manifester sa gratitude. Ou peut-être échafauderait-il quelque système pour que, en taule, quelqu'un la lui manifeste à sa place. Les prisons grouillaient de gens qui haïssaient les Hells Angels *made in Russia*, et si Sirp ressemblait vraiment à Alexander Zaldostanov, son nom estonien ne suffirait pas à l'épargner, surtout si les matons, éventuellement guidés par un officier de police, faisaient circuler la rumeur selon laquelle, justement en tant que son sosie, Hillar Sirp se baladait en Harley Davidson pour faire des pèlerinages dans les sanctuaires de l'Église russe orthodoxe et prophétiser la naissance d'une nouvelle grande nation dirigée par le Kremlin.

14

Une journée entière de calme avait été plus que suffisante pour remettre sur pied le commissaire Kurismaa, mais pas pour lui éviter les embuscades de son ennemi de toujours. La narcolepsie le frappa dès qu'il s'assit dans l'autobus 34A, et sous sa forme la plus grave : une paralysie hypnagogique. Au début, l'assaut habituel du sommeil, soudain, irrésistible, puis, au bout d'un quart d'heure, le réveil, mais seulement celui de l'esprit : les voix intérieures, les sensations de chaud et de froid, les pensées, tout, en lui et à l'extérieur de lui, était extrêmement lucide et précis, seuls les muscles refusaient de répondre à l'appel. Quand cela se produisait, pendant deux minutes Marko se sentait privé de son corps, comme si on l'avait enterré, la tête exceptée, ou comme si un savant fou avait pris son cerveau pour le relier à quelque dispositif singulier afin de le faire vivre « in vitro ». Par chance, les épisodes de ce genre n'étaient pas trop fréquents, mais quand ils survenaient c'était la panique, c'était l'irruption du cauchemar en pleine lucidité diurne, c'était l'ombre de la mort. Si, de surcroît, la paralysie survenait dans un lieu public, à la terreur s'ajoutait la honte : il redoutait de prendre des postures ridicules, de ne pas pouvoir contrôler les muscles de son visage ou ses sphincters. En réalité, il ne se produisait rien de tel, mais la peur ne se nourrit pas toujours de réalité. Ce jour-là, ces rares instants d'immobilité forcée lui parurent infinis et infiniment douloureux ; les autres le regardaient sûrement comme une chiffe molle avachie sur le siège, la tête appuyée contre la vitre ; il aurait voulu se lever, descendre, ou abaisser la vitre pour bénéficier d'une bouffée d'air glacé, mais tout geste restait confiné dans son esprit. Lorsque, avec l'effort de qui soulèverait un sac de ciment, il parvint à bouger une main et à tourner la tête, il vit passer à son grand dam l'arrêt auquel il aurait dû descendre pour rejoindre la piste de fond où Sergeï Bivlov avait poussé ses skis pour la dernière fois.

Puis, aussi soudainement qu'elle était survenue, la crise disparut et Kurismaa put se préparer à descendre à l'arrêt suivant, afin de revenir à pied au précédent. Mais dès que les portes du bus s'ouvrirent, au lieu de se diriger vers le pont et rebrousser chemin, le policier franchit le portail de l'ancien monastère de Sainte-Brigitte et entreprit d'errer parmi les ruines désertes : le calme de l'endroit lui offrirait de quoi se régénérer. Peut-être que, si l'église avait été intacte, si elle avait résisté à la furie incendiaire d'Ivan le Terrible, elle aurait perdu tout intérêt ; mais puisqu'il n'en restait que la façade pointue et les murs du pourtour, Marko eut l'impression, une fois franchi le portail, d'entrer dans un royaume magique. Malgré l'absence totale de toit, il se sentait dans un « intérieur » et la neige accumulée sur les pierres éparses lui paraissait dessiner des silhouettes de moines fantômes en prière. C'était une des rares concessions qu'il accordait à l'irrationnel.

Revenu sur la route et définitivement rassuré, il se dirigea vers le pont en prenant cette fois la bonne direction. En contraste avec la beauté du monastère, on apercevait, de l'autre côté du fleuve, la sombre laideur de l'Olümpiakeskus, le Village olympique de Pirita. Aux Jeux de 1980, c'était le centre des compétitions de voile ; à présent, sa masse noire, de béton, s'imposait telle une menace : si la façade gothique de Sainte-Brigitte avait résisté à l'incendie et à cinq siècles d'histoire, le Village olympique, de pur style soviétique, se serait, quant à lui, certainement effondré en l'espace de cinq ou dix ans, même sans l'intervention d'Ivan le Terrible. Marko songea à tout cet argent gaspillé et aux belles espérances balayées par le temps.

Sur le pont, il s'accouda au parapet et contempla les barques tirées au sec au pied de la digue et recouvertes de neige, comme les pédalos alignés un peu plus loin. Il chercha des yeux l'endroit où Bivlov était tombé dans l'eau. Là, la piste sortait, dans un virage en épingle, du maquis d'arbres qui, sur tout le reste du parcours, la dérobait à la vue. Le tracé, dépourvu de protections, était comme suspendu trois mètres au-dessus du fleuve. Un vrai miracle si ne finissait pas dans le Pirita au moins un skieur par jour.

Pour rejoindre le complexe sportif d'où partait la piste, il lui fallut un bon quart d'heure. Ses genoux se ressentaient encore du coup de bâton de Sirp et de ses complices ; c'est à cause de cela qu'il n'avait pas pu profiter de l'occasion pour se payer une belle virée à ski.

La patinoire était encore fermée et un vieux camion militaire Oural en lissait la surface avec une ponceuse en remorque. Kurismaa, depuis la barrière, fit signe au conducteur qu'il souhaitait lui parler. Ce dernier, sans descendre, s'approcha et coupa le moteur :

– On est fermés. On ouvre dans un quart d'heure.

– Police. J'ai besoin de renseignements, répondit-il en montrant sa carte.

L'autre, soupçonneux, se fit plus attentif.

– Vous étiez là quand on a retrouvé le mort dans le fleuve ?

– Oui.

– Qui l'a trouvé ?

–Des skieurs. D'ici, on ne voyait rien ; il fallait être en haut de la descente pour voir quelque chose.

– Pourriez-vous m'indiquer l'endroit précis où il est tombé ?

– Tout de suite.

Il descendit du camion et, dans un mouvement un peu gauche, il sauta la balustrade pour sortir de la patinoire.

– Suivez-moi.

Sa disponibilité ne parvenait pas à cacher une certaine contrariété due à l'interruption de son travail, ou bien, suspecta Marko, à d'autres motifs plus équivoques.

Ils firent ensemble une cinquantaine de mètres en bord de piste, puis l'homme s'arrêta et désigna de la main une petite anse du fleuve :

– Voilà, c'est juste là qu'il est tombé à la flotte. Il n'a pas eu de bol : si ç'avait été à un autre moment, avec de la glace plus épaisse, il s'en serait tiré avec quelques bleus. Mais, en ce moment, elle doit avoir au maximum deux centimètres d'épaisseur : si quelqu'un y tombe, il la crève tout de suite. On a même mis des panneaux : « Interdiction de marcher sur le fleuve », vous voyez ?

Kurismaa imagina, ricanant en son for intérieur, une floraison d'autres panneaux de ce type : « Interdiction de multiplier les pains et les poissons », « Interdiction de changer l'eau en vin » et « Interdiction de ressusciter les morts ».

– Vous connaissiez la victime ?

– Je ne l'avais jamais vue. Moi, je bosse le matin, alors que lui il venait toujours le soir, apparemment.

– Comment le savez-vous ?

– Ils le disaient à l'intérieur, à la location des skis.

– Je vous remercie pour ces renseignements.

– Je peux m'en aller ?

– Bien sûr.

L'homme ôta son gant et lui tendit la main, il paraissait soulagé.

Resté seul, le commissaire prit son portable et regarda les photos que les collègues du central lui avaient envoyées la veille. Au moment de sa découverte, le corps de Bivlov gisait sous une fine couche de glace translucide : on voyait le rouge foncé de l'anorak et celui, plus clair, du pantalon ; droit, comme deux fleurs surgies de la glace, se dressait l'arrière des skis. Après la noyade, l'air piégé par le pantalon thermique avait dû faire remonter les jambes à la surface.

Il découvrit les autres photos, toutes semblables à la première, qu'elles aient été prises sous des angles différents, puis il regarda de nouveau la surface du fleuve : uniforme, lisse, immobile ; les traces de son vieux rival, de sa mort et de la récupération de son corps avaient été effacées par la nature, à jamais.

Kurismaa s'éloigna de la rive et se déplaça sur le bord de la piste, celui au-delà duquel commençait le bois de bouleaux. Les skieurs qui passaient, peu nombreux en ce jour ouvré, se divisaient en deux catégories : les débutants, qui, tétanisés par la peur, affrontaient la descente les bras écartés tels des épouvantails engoncés dans leurs hardes, et les professionnels, qui filaient dans des positions aérodynamiques. Marko calcula que, à la vitesse des professionnels, il suffisait d'un léger écart pour sortir de la piste et finir dans le fleuve. C'est alors qu'il se souvint du fragment de métal vert qu'il avait trouvé sur l'anorak de Bivlov : les lampadaires étaient-ils verts ? Il les chercha des yeux. Non, les lampes étaient fixées sur des poteaux en bois non peints et, tout autour, il n'y avait rien de métallique contre quoi aller heurter accidentellement : l'éclat devait provenir d'une barre métallique ou d'un objet de ce genre. Il se mit à le chercher, non des yeux, mais avec les pieds, en fouillant la neige, espérant le trouver sous ses semelles. Au bout de cinq minutes de cette gymnastique, il s'arrêta : si quelqu'un avait employé une barre de fer, il avait dû l'emporter.

Le commissaire se dirigea vers la bâtisse qui abritait la location de skis et les vestiaires. En entrant, il fut accueilli par une bouffée de chaleur. Sur les bancs en bois clair, plusieurs jeunes mamans laçaient leurs patins à des mômes qui savaient à peine marcher. Marko les regarda, fasciné par ce monde inconnu. Or, tandis qu'il demeurait là, planté, l'une d'elles leva les yeux et croisa son regard, puis lui sourit. C'était un sourire chaleureux, aguicheur, avec des reflets troubles au fond des yeux, du moins c'est ce qu'il voulut y lire.

Pour s'empêcher de délirer, il se rendit droit au comptoir de location où la préposée, la soixantaine bon poids, était en mesure de chasser toute pensée peu chaste. Il lui montra à elle aussi sa carte et se présenta, avant de demander :

– Vous connaissiez l'homme qu'on a retrouvé mort ici, avant-hier ?

– M. Bivlov ?

– Oui.

– Le pauvre. Il était gentil. Peu causant, mais gentil. Quand j'étais de service la nuit, je le voyais pratiquement tous les soirs.

– Il louait ses skis chez vous ? demanda, étonné, le commissaire.

– Non, il les laissait ici en dépôt. À dix-neuf heures pile, il les récupérait et les rendait juste avant la fermeture, à vingt et une heures cinquante-cinq.

– Il venait avec d'autres personnes ?

– Je ne crois pas. Moi, je l'ai toujours vu seul.

– Vous étiez de service, le soir où il est mort ?

– Oui, pourquoi ?

Pourquoi faut-il toujours que tout un chacun, à la première question qui le concerne au premier chef, se place sur la défensive ?

– Cela ne vous a pas intriguée de ne pas le voir revenir pour déposer ses skis ?

– J'ai pensé qu'il voulait les emmener pour aller skier ailleurs.

– Il aurait dû venir récupérer au moins ses chaussures.

– Ah non. Ses chaussures, il ne les laissait jamais là, il arrivait avec ses brodequins déjà aux pieds. Au début, il les laissait aussi, ceux-là, ici, mais ensuite il a dit qu'ils ne séchaient pas assez bien et il a pris l'habitude de les rapporter chez lui.

Il n'avait pas changé, ce vieux Sergeï ! L'éternel maniaque. Déjà à l'adolescence, l'entraînement fini, il passait des demi-heures le chiffon à la main pour essuyer et graisser ses chaussures de ski.

– Il y a beaucoup de monde, le soir, sur la piste ?

– Jusqu'à vingt heures, assez. Après, il ne reste plus que les fanatiques ; une dizaine, tout au plus. Je ne sais pas pourquoi on nous fait tenir ouvert aussi tard pour trois pelés et un tondu. Vous pouvez me dire pourquoi une femme de mon âge doit travailler jusqu'à dix heures du soir pour pouvoir boucler ses fins de mois ?

Avant que la femme choisisse précisément ce moment pour entamer une réunion syndicale, Kurismaa prit congé : en l'absence d'une véritable enquête, il était inutile d'insister auprès des témoins.

À l'extérieur, les haut-parleurs diffusaient de vieilles valses viennoises et les bambins, au rythme de la musique, suivaient leur monitrice et en imitaient les pas. Pour courir dans la rue, ils auraient été maladroits et empotés, mais sur la glace ils formaient une synthèse de grâce et de tendresse. Marko s'arrêta pour les admirer, accoudé à la balustrade. La jeune femme qui tout à l'heure l'avait fixé s'approcha :

– C'est mignon qu'un papa accompagne son fils au patinage ; comme vous le voyez, il n'y a ici que des mamans.

– Je ne suis pas un papa, désolé. Je passais juste ici pour mon travail.

– Eh oui, le travail. Mon mari lui aussi est toujours en vadrouille pour son travail: Chine, Inde, États-Unis… Et moi, je viens ici, tous les jours, à la même heure…

Il ne parvenait pas à déterminer si elle cherchait seulement à l'allumer, ou si elle lui proposait carrément une aventure. Ou alors, elle voulait simplement échanger deux mots. Kurismaa l'avait éprouvée plusieurs fois, cette sensation d'être l'homme le plus désiré du monde. Bien entendu, cela ne lui arrivait que lorsqu'il était sentimentalement engagé: un instant après avoir quitté ou avoir été quitté par sa fiancée du moment, l'intérêt des autres femmes pour lui s'évanouissait d'un coup, lui laissant l'impression d'être invisible. Il aurait pu vérifier facilement si tout ce désir résidait juste dans son imagination, mais alors il aurait dû choisir la voie de l'infidélité et celle-là, hélas pour lui, il ne parvenait vraiment pas à l'emprunter. Néanmoins, pour ne pas se montrer discourtois, il prit congé par une réponse ambiguë:

– Alors, j'espère que mon travail me ramènera ici, à la même heure.

– Qui sait… répliqua, mystérieuse, la jeune maman.

Pour retourner à l'arrêt de l'autobus, au lieu de suivre la voie piétonne qu'il avait prise à l'aller, il décida de se diriger vers la route. Il longea le terrain de football et c'est alors, sous l'auvent qui bordait la cabane des vestiaires, qu'il les aperçut: entassés les uns sur les autres comme un mikado géant, gisaient des dizaines de piquets en fer peints en vert. Plus loin, quelques rouleaux de grillage métallique, vert lui aussi, complétaient ce qui devait avoir été une ancienne barrière d'à peu près un mètre cinquante de haut.

Le commissaire aurait pu envoyer la Scientifique examiner ces piquets un à un pour vérifier si l'éclat de fer fiché dans l'anorak de Bivlov provenait bien de l'un d'eux, mais à quoi bon ? Même sans cette preuve absolue, il était désormais certain que le Russe avait été tué par quelqu'un qui connaissait bien les lieux, quelqu'un qui l'avait suivi, qui avait étudié ses horaires et qui savait que l'arme pour le frapper pouvait être trouvée, et peut-être abandonnée, sur place : il avait lu quelque part que le meilleur endroit pour cacher un livre, c'est une bibliothèque. Si on avait pu conclure avec une certitude absolue qu'un de ces piquets était celui qu'avait utilisé l'assassin, quelles traces aurait-on pu trouver après plusieurs jours en plein air ? Et qui aurait manié cette barre sans gants, étant donné le froid qui régnait ?

Avec son portable, il prit plusieurs photos de l'auvent et des restes de la barrière, avant de gagner finalement la route.

L'arrêt du 34A était juste en face du supermarché Selver et d'une station-service Neste Oil, une de ces stations automatisées, qui devait certainement compter des dizaines de caméras de surveillance pointées partout. En attendant l'autobus, il envoya un SMS à Kaspar Mand : « Station-service Neste à Rummu tee. Essaie d'obtenir les enregistrements des caméras de surveillance. D'hier et des sept jours précédents. Si tu le trouves aux archives, procure-moi le dossier Sergeï Bivlov.

Il faudrait patienter pour obtenir ces enregistrements et l'éventuelle fiche criminelle de Bivlov, mais il n'y avait aucune urgence: d'abord, il convenait de résoudre l'affaire Semenov, ensuite seulement il retournerait s'occuper de son vieux copain et de sa mort réfrigérée.

À vrai dire, il sentait qu'il ne devrait pas mettre beaucoup de temps avant de pouvoir écrire le mot « clos » sur le dossier du Tallinn Express. À présent que le lien entre la veuve Semenov et Nikolaï Podgorny avait été établi, ce serait plus facile de mettre en difficulté la belle Olga, surtout après deux jours de tranquillité pendant lesquels cette femme avait probablement cru s'en être bien sortie. Le moment était venu de lui rendre de nouveau visite, sans préavis. Le 34A s'arrêtait du côté de Kadriorg: il tenterait sa chance.

15

– Allô ?

– Madame Semenova, bonjour, commissaire Kurismaa à l'appareil, je ne vous dérange pas ?

– Pas du tout, je vous écoute, commissaire.

– Si vous le permettez, j'aimerais venir vous voir pour discuter un moment.

– À quelle heure souhaiteriez-vous passer ?

– Là, maintenant. Je suis devant le portail.

– Je vous ouvre.

Aucune difficulté, aucune résistance, aucune hésitation : ce serait peut-être plus difficile que prévu.

Cette fois, la gouvernante était là et l'accueillit à la porte :

– Madame vous attend au salon ; voulez-vous me donner votre manteau ?

Marko le lui remit, à la fois charmé et contrarié par le côté pompeux du rituel. À quelques centaines de mètres plus loin, dans la résidence du président de la République, on se serait montré certainement moins cérémonieux avec un hôte.

– Par ici je vous prie…

Olga Semenova se leva pour lui serrer la main et ne tenta même pas quelque formule de circonstance du genre « Quelle surprise ! » ou « Si je m'attendais » : elle jouait la partie à un niveau plus élevé.

– Voulez-vous boire quelque chose ?

Le froid qui l'avait transi jusqu'aux os à Pirita et qui ne les avait plus quittés lui fit se souvenir du meuble plein de liqueurs et l'orienta vers son choix habituel :

– Une vodka Moe, s'il vous plaît.

– Parfait, je vous tiendrai compagnie.

Et, sans même appeler la femme de service, elle remplit généreusement deux verres, mais sans exagérer.

– Je vous écoute, commissaire.

Le moment était venu d'abattre les bonnes cartes, sans bluff.

– Si je vous dis que Nikolaï Podgorny a tué votre mari, que me répondez-vous ?

– Que c'est possible. Probable, même, étant donné que, comme vous me l'avez dit la dernière fois, il était dans le même train.

– Et si j'ajoute que vous en êtes la complice ?

– Je vous réponds que c'est absurde.

– Me permettez-vous de vous donner ma version des faits ?

Elle acquiesça, pinçant légèrement les lèvres, avec un air de fillette boudeuse.

– À treize ans, lors de votre dernière année d'école, vous êtes la camarade d'Alexeï Podgorny. Un garçon qui vous est cher, mais laid comme un pou. Il vous fait du gringue, cependant vous lui préférez son frère Nikolaï, que le pauvre Alexeï a cru bon de vous présenter. Bref, Podgorny et vous devenez amants et vous le restez même après votre mariage avec feu M. Semenov. Mais, à un moment donné, être amants ne vous suffit plus. Vous êtes l'héritière universelle d'un riche homme d'affaires : s'il meurt, c'est l'assurance d'une vie aisée avec votre chéri de toujours. Dites-moi où je me trompe.

Olga esquissa un sourire qui ne se voulait peut-être pas insolent, mais qui tenait malgré tout de l'effronterie :

– Alexeï Podgorny était dans ma classe en quatrième, c'est vrai. Alexeï Podgorny me draguait, c'est vrai. Ou plutôt, Alexeï Podgorny draguait à toutes les filles, belles ou laides, grasses ou maigres. Alexeï Podgorny m'a présenté son frère : faux. Nikolai fréquentait Balti Jaam parce qu'il habitait tout près : c'est là que je l'ai rencontré...

– Cependant, l'interrompit le commissaire, la dernière fois, vous m'avez dit que vous ne le connaissiez pas.

– Si vous voulez bien entendre toute l'histoire, vous comprendrez pourquoi je vous ai menti.

Elle but la dernière gorgée de vodka et reprit :

– Je ne peux pas nier que Nikolaï était bel homme, mais j'imagine que les archives de la police mentionnent le fait que, déjà à l'époque, c'était un maquereau. Or, l'idée de vivre avec un maquereau ne m'attirait pas à l'époque, pas plus qu'elle ne me séduit aujourd'hui. Tout ce que j'ai fait avec lui, c'est tourner trois ou quatre vidéos pornos.

Elle avait prononcé ces derniers mots avec le plus grand naturel, comme si elle avait dit : « On a pris le thé ensemble trois ou quatre fois. » Kurismaa ne put s'empêcher de la regarder différemment.

– Quand Podgorny a su que j'avais fait un beau mariage, il n'a pas perdu son temps et est allé trouver mon mari dans son bureau à Saint-Pétersbourg. Il lui a apporté un DVD avec mes prouesses érotiques et a établi le tarif pour éviter que la très respectable Mme Semenova ne soit jetée en pâture sur la Toile, les jambes écartées et la bouche pleine. Mon mari a payé : une fois, deux fois, trois fois. La dernière demande d'argent est arrivée, je crois, le mois dernier. Voilà tout ce que je sais.

Marko était consterné par la tranquille lucidité avec laquelle cette femme exposait la situation. Pour s'en remettre, il entreprit de raisonner à voix haute :

– D'habitude, un maître-chanteur ne tue pas sa victime : ce serait comme faire rôtir au four la poule aux œufs d'or.

– Igor était tout sauf une poule sans défense.

– En d'autres termes, Podgorny a trop tiré sur la corde et votre mari s'est arrangé pour s'en débarrasser. Ayant flairé le danger, Nikolaï a voulu jouer un coup d'avance et tuer Igor Semenov en maquillant le meurtre en accident cardiovasculaire, afin d'éviter qu'un de ses affidés ne se mette en tête de le venger.

– Ainsi, vous faites passer mon pauvre mari pour un mafieux ?

Sa réplique s'était accompagnée d'un regard entendu qui, au lieu de le gagner à sa cause, irrita Kurismaa. Il avait le désagréable sentiment qu'elle se moquait de lui et voulut réagir :

– Je dois admettre que cette histoire de vidéos porno et de chantage comporte une certaine logique. Dommage que je n'y croie pas : je pense, moi, que vous êtes la complice de Nikolaï Podgorny dans l'assassinat de votre mari.

Sans se démonter, Olga Voronova, veuve Semenova, se leva :

– Suivez-moi dans la pièce d'à côté, je vous prie.

Ils passèrent dans un petit salon contigu où le mobilier Louis XVI du salon le cédait à l'ultramoderne, dans un triomphe de couleurs vives et de matériel hi-tech.

– Asseyez-vous, l'invita-t-elle.

Puis, après avoir allumé le téléviseur géant qui trônait sur l'un des murs courts, elle prit un DVD dans un tiroir et l'inséra dans le lecteur.

L'instant d'après apparut sur l'écran géant une Olga Semenova nettement plus jeune. Elle était assise sur un divan défraîchi et faisait semblant de feuilleter une revue d'un air ennuyé. Pour dissiper l'ennui surgissait, peu après, un homme que le commissaire reconnut comme Nikolaï Podgorny. La durée de l'opération de séduction était typique de la pornographie : trente secondes, entre le moment où ils se disaient bonjour et celui où ils se retrouvaient tous les deux nus. Tout le reste, et « tout » était vraiment beaucoup de choses, survenait, comme on dit, de façon expéditive.

Il n'était pas facile de mettre Marko Kurismaa mal à l'aise, mais la veuve Semenov y était parvenue sans aucun effort. L'embarras s'accrut quand celle-ci, après avoir coupé les gémissements qui venaient du téléviseur, se dressa à côté de l'appareil et dit :

– Pour me croire, vous faut-il d'autres preuves ?

Son interlocutrice était comme dédoublée : debout se tenait la jeune femme, vêtue sobrement, qui l'interpellait ; et à côté, la même femme, nue, qui, fixant la caméra, scrutait jusque dans ses désirs les plus inavouables. Le pire, c'est que les deux images commençaient à se superposer.

– Quel âge aviez-vous, dans cette vidéo ?

– Plus de dix-huit ans. Mais par pur hasard. Si Podgorny m'avait proposé de la tourner à seize ou même à quinze ans, je l'aurais fait : quand on a faim, on a besoin d'argent. Même si tu es mineure, surtout si tu es mineure, car les mineures, le maquereau les paie davantage. À Balti Jaam, il se trouvait des parents qui lui vendaient sans problème la virginité de leurs gamines de treize ans.

Marko repensa aux propos de Kristina sur la violence domestique et sa gêne s'accrut. Il était entré dans cette maison avec la conviction de tirer des aveux d'une meurtrière. Voilà que, brusquement, il était confronté à une histoire encore plus triste qu'un assassinat.

– Comment votre mari a-t-il réagi après avoir vu les DVD ?

– Il a fait ce que j'ai fait aujourd'hui. Il les a mis dans le lecteur et il me les a fait regarder, puis il m'a dit : « Si je t'ai épousée, c'est aussi parce que tu es capable de faire ça, mais si je te surprends en train de le faire avec un autre, je te tue. Je t'ai achetée tout entière : bouche, cul, nichons et ce que tu as entre les jambes. Tout ce dont tu uses à merveille ; mais rappelle-toi que j'en ai l'exclusivité. » Ensuite, il m'a serrée fort dans ses bras et m'a emmenée dîner. Le lendemain, il m'a acheté un manteau de fourrure, m'a dit de le mettre et nous sommes allés ensemble faire un tour à Balti Jaam. C'était un signal pour Nikolaï : la petite putain de l'étal de légumes était une dame, à présent, et il était disposé à payer pour qu'elle le reste, mais le patron, désormais, c'était lui.

Olga se tut, mais n'éteignit pas le téléviseur. Sur l'écran les images défilaient toujours et à Nikolaï Podgorny s'était ajouté un autre homme. Marko était paralysé. C'était comme si elle le contraignait à regarder, mais sans malice, sans complaisance, sans aucune tentative de séduction ou de corruption. Elle se mettait à nu devant lui, dans tous les sens du mot. Et lui, qui l'heure d'avant était convaincu d'avoir résolu l'affaire, il se sentait plus nu et plus désarmé qu'elle.

16

– Quelle bonne idée que d'aller se planquer sur l'île de Hiiumaa ! Faire perdre ses traces dans la métropole tentaculaire de Kärdla, se fondre au sein de ses trois mille habitants, se laisser engloutir par la foule. Qui penserait te chercher là-bas, au milieu de nulle part ? Tu sais, aucun de nous n'aurait eu cette idée, si ta mère n'habitait pas justement là-bas.

Le commissaire-chef Kalio Kuslap en avait fait une affaire personnelle et à présent s'amusait un peu. Kurismaa jouait lui aussi le jeu :

– En fait, tu devrais avoir honte. Le terrible Hillar Sirp, le cogneur de policiers, le Zaldostanov des pauvres, quand il se sent en danger, va se réfugier chez maman. Au grenier, qui plus est, comme une souris du blé.

Dans son rôle, Hillar Sirp réagissait aux provocations en tirant sur les menottes qui l'attachaient à la chaise en fer de la salle des interrogatoires. Une chaise en fer, une table en fer, de cantine d'entreprise, et deux fauteuils tournants. Même la salle des interrogatoires semblait un décor de cinéma, sauf que, là, les caméras n'étaient pas encore installées ; tout ce qui était dit et fait restait confiné dans le secret de ces quatre murs : une seule porte, aucune fenêtre, aucun miroir sans tain à travers lequel espionner à l'intérieur.

Ils l'avaient épinglé sans trop de difficultés, en suivant une seule idée : la stupidité de certains est sans bornes. En cohérence avec son profil de couillon absolu, Sirp s'était réfugié chez sa mère et, pour la première fois sans doute, la tranquille île de Hiiumaa avait assisté à une arrestation en grande pompe, avec bien deux voitures de police toutes sirènes hurlantes et cinq policiers au bas mot pour encercler la maison de la pauvre vieille qui se demandait encore ce qu'elle avait fait pour mériter un garnement pareil.

Kurismaa se leva de son fauteuil, se plaça derrière le videur et, brusquement, le saisit par la queue-de-cheval qui réunissait ses cheveux gras. La prise contraignait Sirp à une pose non naturelle, la tête tirée vers l'arrière et la bouche grande ouverte. Sans le lâcher, le commissaire lui dit :

– La dernière fois qu'on s'est vus, je t'ai interrogé à propos du meurtre d'Igor Semenov ; eh bien, rebelote : qu'est-ce que tu foutais dans le train où il a été tué ?

L'autre se taisait.

– Tu as raison, je me suis trompé. La dernière fois qu'on s'est vus, on n'a pas parlé de Semenov. La dernière fois, tu m'as donné un coup de bâton aux genoux et je t'ai tiré dessus, pas vrai ?

Et, tout en parlant, il lui lâcha les cheveux et lui mit la main sur l'épaule droite. Sirp ne put réprimer un cri.

– Qu'est-ce que tu foutais dans ce train ?

Toujours muet.

Marko serra plus fort les doigts sur l'épaule de l'homme, juste à l'endroit où, au toucher, on sentait la présence d'un pansement. Nouveau cri, plus fort. Mais toujours pas d'aveux.

– Ta rancune envers le gros lard russe était récente ou elle remontait à l'époque où tu bossais pour lui ?

Finalement, en grimaçant de douleur, l'autre parla :

– Il n'y avait pas de rancune.

– Pourtant, on m'a dit qu'il y a quelques semaines, toujours à bord du Tallinn Express, tu as voulu l'étrangler.

– Il m'avait marché sur le pied sans me demander pardon. Je ne me suis pas rendu compte que c'était lui : il avait engraissé comme un cochon depuis l'époque où je travaillais dans son club. Quand je l'ai reconnu, c'était trop tard pour faire semblant de rien.

– C'est toi qui aurais pu lui demander pardon, à propos du bon vieux temps.

Sirp afficha l'air de qui ne sait même pas ce que veut dire demander pardon.

Kalio déplaça son fauteuil juste devant le beatnik et se pencha en avant :

– Tu connais la technique d'interrogatoire des deux flics, n'est-ce pas ? Sauf qu'ici on l'applique à notre façon : on joue le jeu du méchant flic et du très méchant flic.

L'interrogé reprit sa moue insolente et Kurismaa lui broya l'épaule de toutes ses forces.

– Tu vois ? À présent, le plus méchant, c'est mon collègue, le relança Kuslap, mais je pourrais être tenté de lui disputer le titre. C'est un concours, tu piges ?

Même s'il avait voulu parler, Hillar Sirp en aurait été empêché par la douleur. Marko lâcha prise :

– Allez, tu m'as convaincu. Cette histoire de pied écrasé est crédible.

L'autre le regarda, perplexe, mais le policier poursuivit :

– Après avoir voulu étrangler Semenov, tu t'es aperçu de ta connerie : tu es grand et costaud, mais lui il connaissait un tas de mecs qui pouvaient te coller une balle dans le dos vite fait. Alors tu t'es dit qu'en le descendant le premier, tu n'aurais plus besoin de surveiller tes arrières à tout moment.

– Si j'avais voulu le buter, je n'aurais pas attendu deux semaines, je l'aurais supprimé à mains nues dès la descente du train.

– Non, car pour une fois ce peu de cervelle que tu trimballes t'a conseillé d'écarter les soupçons pour ne pas te faire pincer par la police et surtout pour ne pas être pris par les potes de Semenov qui, ça m'ennuie de le dire, font bien plus peur que nous. Alors, tu as attendu un nouveau voyage, et tu l'as tué avec la ciguë.

– Avec quoi ?

Kurismaa dut bien l'admettre : même lui ne croyait pas à cette reconstitution. L'idée que le cerveau de cet énergumène puisse établir un plan rationnel paraissait aussi plausible que le mariage entre un ouvrier bulgare et une actrice hollywoodienne.

– La ciguë est un poison, et tu as empoisonné ton ex-patron Igor Semenov de crainte qu'il ne se venge.

– Le poison, c'est un truc de gonzesses et de pédés. Moi, j'aurais pu lui briser le cou. Vous voulez me coffrer parce que vous étiez ses amis ; je le sais très bien, mais ce n'est pas moi qui l'ai tué.

Cette fois, c'est Kalio Kuslap qui le saisit par la queue-de-cheval, et il s'en fallut de peu que l'autre n'y laisse son scalp :

– Qu'est-ce que tu chantes, connard. Les mafieux russes n'ont pas d'amis ici.

– Sauf que, quand je bossais pour lui, Semenov n'arrêtait pas de se vanter de toutes les complicités qu'il avait chez les flics. Il disait que, même s'il faisait sauter la cathédrale Nevski, quelqu'un le couvrirait.

– Ben voyons ! On déroule le tapis rouge aux destructeurs de cathédrales !

Comme toujours, de même que l'intelligence, le sens de l'humour manquait terriblement à Hillar Sirp :

– Vous seriez bien capables de le faire, vous êtes des mécréants.

Kurismaa leva les yeux au ciel et s'adressa à son supérieur :

– Tu paries que ce con-là veut s'inspirer de Zaldostanov ? Tu espères toi aussi prendre la tête d'un groupe de motards, en chevalier de la cause de l'Église orthodoxe ?

Sirp, au lieu de s'irriter, montra un regard fier : Marko avait touché dans le mille.

– Alors c'est pour ça que tu te rends aussi souvent en Russie. Tu vas prendre tes ordres pour créer ici aussi les Loups de la nuit. Tu crois donc que l'Église orthodoxe estonienne est en danger ?

– Elle n'existe pas, l'Église orthodoxe estonienne, il n'existe que l'Église orthodoxe, sous le Patriarcat de Moscou[7], le reste c'est du bidon. Les Loups de la nuit en Russie défendent la véritable Église, et dès qu'on aura

7. En raison des péripéties historiques complexes qui ont conditionné la vie religieuse estonienne au siècle dernier, au sein de l'Église orthodoxe s'est produite une rupture entre ceux qui décident de suivre l'autorité du Patriarcat de Moscou et ceux qui lui préfèrent celle du Patriarcat de Constantinople.

formé notre groupe, on la défendra nous aussi, ici en Estonie.

– Ça par exemple ! Notre cogneur de flics est aussi un fanatique religieux.

Kuslap eut la même pensée que celle qui, quelques jours plus tôt, avait traversé l'esprit de Kurismaa :

– Sais-tu que les russophiles comme toi ont un grand succès dans nos prisons ? Quand tu sortiras, tu pourras t'estimer heureux si tes jambes et tes bras fonctionnent encore. Quant à conduire une Harley Davidson avec une meute de connards en blouson de cuir, tu peux d'ores et déjà faire une croix dessus.

– Pour moi, renchérit Marko, quelques jours dans une cellule de huit le rendront plus loquace aussi sur le meurtre de Semenov.

– Bien d'accord.

Les deux policiers se levèrent et composèrent, sur le clavier mural, le code d'ouverture. Après un bourdonnement et un déclic, la porte s'ouvrit.

– Venez le chercher dans deux heures, dit à haute voix le commissaire-chef au planton.

– Mais j'ai besoin d'aller pisser…

La voix de Sirp fut arrêtée par la porte qui se refermait.

– Qu'est-ce que tu en penses ?

Kuslap prit quelques secondes avant de répondre à son ami.

– D'instinct, il me paraît trop couillon pour être un assassin, mais par les temps qui courent le fanatisme transforme même les couillons en tueurs. Ce qui m'inquiète le plus, c'est que mon fils aussi est un couillon.

– Allons, Raigo doit seulement trouver sa voie.

– Tu parles ! Tu ne sais pas la chance que tu as de ne pas avoir d'enfants.

– Je ne suis pas porté sur la vie de famille, coupa court Marko et, pour éviter que la conversation ne prenne une mauvaise tournure, il en revint aussitôt à l'enquête : J'ai l'impression que le passé de Semenov va nous réserver encore quelques surprises. Ça ne m'étonnerait pas que, entre les fanatiques à moto et notre vendeur de véhicules militaires, il y ait quelque affaire qui se soit conclue sans la « satisfaction mutuelle » attendue.

– Et donc, la piste Sirp est encore ouverte ?

– Plus que jamais. Comme, du reste, la piste Podgorny.

Et il raconta cette histoire de vidéo porno et de chantage qui pouvait avoir dépassé la limite de la zone dangereuse.

En haut des escaliers qui conduisaient aux bureaux, les deux hommes se séparèrent et Kurismaa se dirigea d'un pas décidé vers l'open space des inspecteurs, destination la table de travail de Kaspar Mand.

– Bonjour commissaire. Je voulais venir vous voir à l'hôpital mais, quand j'ai fini mon service, vous étiez déjà sorti.

– Ne t'en fais pas ; c'est comme pour les cadeaux : c'est l'intention qui compte. Dis-moi plutôt si tu as trouvé ce dont j'ai besoin.

– J'ai réclamé les enregistrements de la caméra de surveillance à la station-service de la Neste Oil, mais on m'a répondu qu'il fallait adresser la demande à la direction de la compagnie, parce que, peut-être, il fallait un mandat du juge…

– Et puis ?

– Je leur ai dit que, du coup, je réclamerais aussi au juge un mandat pour inspecter leurs livres de comptes et tous les certificats de conformité des implantations, et qu'ils s'en tireraient avec une semaine ou deux de fermeture seulement.

– Résultat ?

– Demain, j'y vais avec un disque dur externe et je télécharge tout ce qu'ils ont enregistré ces dix derniers jours.

Kurismaa le regarda avec satisfaction avant de lui murmurer :

– Tu es en train de devenir un sacré salopard comme moi.

Suivi de cette comparaison, même « sacré salopard » devenait un compliment. Le jeune inspecteur aurait accepté n'importe quelle insulte qui le rapprocherait du niveau de son chef.

Ensuite, à voix haute de façon à être entendu par les autres, Marko ajouta :

– Bravo, inspecteur Mand, ton efficacité est exemplaire.

L'autre bomba le torse comme un élève bûcheur :

– Merci, commissaire. Je suis allé aussi aux archives, voilà le dossier que vous réclamiez.

Marko prit l'enveloppe et le félicita encore, puis il gagna son bureau et, assis à sa table, sortit de l'enveloppe une pochette : elle était orangée.

17

– C'est un sale boulot, mais il faut bien que quelqu'un le fasse, non ?

– Je t'assure que regarder la vidéo de la veuve Semenov avec elle-même à côté, ça n'a pas été une promenade de santé.

– Ben voyons ! Pendant que tu y étais, tu aurais pu lui demander aussi deux ou trois scènes en direct, ou un bout d'essai, là, séance tenante : il paraît que les pornos avec des acteurs âgés bénéficient d'un marché loin d'être négligeable. Si tu quittes la police pour entrer dans le monde merveilleux du cinéma porno, on pourra enfin se marier.

Sur cette dernière estocade, Kristina s'était mise à rire et toute cette feinte jalousie s'était dissipée en un instant.

– Pendant une seconde, j'ai cru que tu étais furieuse pour de bon.

– Allons donc ! J'aurais bien voulu te voir, tout gêné, rouge comme une pivoine, tandis qu'elle te montrait ses ébats comme s'il s'agissait d'un film de vacances.

Ils étaient assis au fond de la petite salle d'un restaurant fréquenté surtout par des étudiants, avec des tables en bois pastel et des bougies fichées dans de vieux pots de confiture. Nikolas, le fils de Kristina, avait été invité à une fête d'anniversaire et les parents du fêté, qui à l'évidence devaient expier quelque faute, avaient proposé que la meute de gamins piaillant reste chez eux jusqu'à vingt et une heures. Marko n'en revenait pas de pouvoir dîner deux fois en l'espace de quelques jours avec son « amoureuse ». Voilà pourquoi, lorsqu'elle avait joué les femmes offensées, il s'était maudit lui et sa manie de parler boulot même durant son temps libre. D'un autre côté, c'était inévitable : les couples de charcutiers parlent de jambons et de saucissons, les enseignants de copies à corriger et les flics d'enquêtes. Marko avait lu quelque part qu'aux États-Unis les relations entre collègues étaient fortement déconseillées, et il ne comprenait vraiment pas pourquoi : au fond, deux flics amoureux emmenaient leur travail non seulement à la maison, mais jusque dans la tendre complicité d'un dîner romantique.

– En tout cas, tu avais raison sur le rapport entre pornographie et violence domestique.

– La veuve t'a fait des aveux ?

Marko assista, comme déjà une infinité de fois, à la transfiguration : le regard joyeux de Kristina avait cédé brusquement la place à celui, sévère, de l'inspectrice Lupp, de la section Crimes domestiques.

– Elle m'a juste dit que Podgorny tournait des vidéos mêmes avec des mineures et que souvent c'étaient les parents qui « vendaient » leurs filles. Dès que nous aurons résolu l'affaire Semenov, je t'accompagnerai à Balti Jaa pour poser quelques questions.

– Tu crois que j'ai besoin d'un homme pour mener mes enquêtes ?

Bon sang, on ne pouvait pas lui proposer de l'aide sans qu'aussitôt elle prenne cela pour une atteinte à l'égalité des sexes. Kurismaa se sauva *in extremis* :

– Il en est où, ton russe ?

– Un peu rouillé, avoua-t-elle.

– Le mien est encore fluide. C'est pour ça que je voulais t'accompagner au marché russe ; pour te servir d'interprète, pas de garde du corps.

Kristina acquiesça sans trop d'enthousiasme, puis changea de sujet :

– À propos des Russes, qu'est-ce que tu as découvert sur la mort de ton ancien camarade d'entraînement ?

– J'ai examiné son dossier. Rien de notable. Juste une accusation de violence privée qui remonte à 1992, mais on pouvait s'y attendre de sa part : c'était un beau salaud, de son vivant, naturellement.

– La violence privée n'est pas une chose de peu d'importance.

– En effet, sauf que la plainte a été retirée. Il avait malmené un voisin d'une cinquantaine d'années, mais ce dernier avait fini par reconnaître qu'il était rentré ivre et qu'il avait provoqué Bivlov.

Kristina leva les yeux au ciel.

– Je sais ce que tu penses, et je le pense moi aussi : le voisin a dû ravaler sa plainte et se faire passer pour alcoolique pour éviter des ennuis bien pires. En 1992, on avait encore l'armée Rouge ici et Bivlov pouvait compter sur toutes sortes d'appuis. Mais c'est là tout ce que j'ai sur lui. C'est sans doute Kalio qui a raison : ce con est bien mort accidentellement.

– Mais hier, au téléphone, tu m'as raconté cette histoire de piquets de barrière verts et d'hématome. Tu me semblais certain que quelqu'un l'avait fait sortir de piste et envoyé à la flotte.

– Je ne sais plus quoi penser. Si je m'en tiens à son dossier, je ne peux que supposer que son voisin, à présent âgé de plus de soixante-dix ans, a attendu tout ce temps pour se venger d'un affront qui remonte au siècle dernier. Ça paraît bien improbable.

À cet instant, la serveuse déposa devant Kristina une tourte de pommes de terre fumante, et une tout aussi fumante soupe d'orge et de chou atterrit devant Marko. Le silence s'installa. Pour eux deux, la nourriture gardait son côté sacré : telle était la leçon apprise durant leur enfance et leur jeunesse, la leçon de la faim apprise sous le glorieux régime communiste. Autour d'eux, les jeunes parlaient et riaient : ils n'avaient connu de pénurie, eux, qu'en matière de livres scolaires. Marko les envia non pour leur âge, mais pour leur légèreté. Lui aussi aurait aimé vivre ses vingt ans sans devoir porter sur les épaules le poids d'un père dissident, d'un nom difficile, et sans que ses épaules, ainsi que celles de tous les autres, aient dû supporter la chape de plomb qui opprimait l'immense nation prolétaire. Brusquement, comme si Kristina avait pu suivre le cours de ses pensées, il dit :

– Peut-être que, si je t'avais connue lorsque j'avais vingt ans, même le communisme m'aurait paru plus léger.

Elle, qui aurait pu en plaisanter, ou lui répondre que, s'il l'avait draguée à ce moment-là, il aurait été accusé de pédophilie, devina probablement ce qui lui traversait l'esprit et lui caressa la joue.

Ils restèrent silencieux encore un moment, main dans la main, devant leur assiette vide, et ce n'est que lorsque la serveuse vint prendre les commandes pour les desserts qu'ils se remirent à parler, reprenant le sujet là où ils l'avaient laissé, comme si cette longue parenthèse de silence et de tendresse n'avait pas existé.

– À vrai dire, le dossier de Bivlov comprenait aussi un truc bizarre. Une chemise violette agrafée à l'intérieur de la chemise orangée.

– Et que contenait-elle ?

– Rien. Juste des fragments de papier autour des agrafes. Quelqu'un en a arraché les feuillets.

– Pourquoi trouves-tu ça bizarre ?

– Parce que, dans le dossier de Semenov, figurait une chemise violette, identique, et là aussi les feuillets en avaient été arrachés. Tu ne les as jamais vues, ces chemises violettes ?

Elle y réfléchit un instant.

– J'ai vu les tristement célèbres chemises orangées, les vert fané, et puis celles des enquêtes spéciales : les bleues des délits financiers, les jaunes des crimes sexuels, mais pas les violettes.

Probablement sans le vouloir, quelque obtus et froid bureaucrate, victime de manies taxinomiques, avait adouci, avec ce curieux code de couleurs, la sombre réalité qu'il entendait classifier : les fraudes étaient bleues, les viols jaunes, mais qu'y avait-il de violet dans l'univers du crime ?

Avec l'air de qui vient d'avoir une soudaine révélation, Kristina reprit :

– As-tu vu à tout hasard si, sur la chemise, figurait un numéro imprimé ?

– Je n'y ai pas fait attention, pourquoi ?

– La numérisation de toutes les archives est en cours. Peut-être les feuillets des chemises violettes ont-ils été arrachés pour être scannés.

– Et quel rapport avec le numéro imprimé ?

– Quand un dossier est scanné, on lui attribue un numéro de référence, qu'on imprime alors sur la chemise. Pour accéder au dossier numérique, il suffit d'indiquer le numéro dans le formulaire de demande.

– Ce système me paraît bien alambiqué.

– Sauf qu'il est utile pour un passage progressif du papier à la banque de données numériques : d'ici quelques années, les archives papier seront démantelées.

Marko sentait qu'il perdait pied et que, un jour ou l'autre, il lui faudrait s'appuyer sur ses collègues plus jeunes pour les procédures même les plus ordinaires. Si, ce soir-là, il n'avait pas dîné avec Kristina, savoir combien de temps il aurait dû batailler pour retrouver des feuillets manquants grâce à la numérisation ? Peut-être n'y serait-il jamais arrivé. De nouveau, il se dit que décourager les relations entre collègues était une belle connerie.

Ils avalèrent à la hâte les deux crèmes catalanes qu'ils avaient commandées et se partagèrent le fond de bordeaux qui restait dans la bouteille. À 20h30, ils étaient dehors.

– Où as-tu mis ta voiture ? demanda Marko.

– Au petit parking payant derrière le pub, avenue Mere puiestee.

– Si loin ?

– Je ne trouvais pas de place. Cette ville devient infernale.

– Allez, je t'accompagne.

Avec le ciel dégagé, le froid s'était fait mordant ; ils franchirent les remparts de la vieille ville sans rencontrer âme qui vive. Le jardin qui longeait l'avenue, aussi solitaire que les rues qu'ils venaient de parcourir, semblait nimbé d'un nuage phosphorescent, tant la neige réverbérait l'éclat de la lune. Même à eux, pourtant habitués aux blancheurs de l'hiver nordique, ce lieu parut, un instant durant, enchanté. Mais il suffit de traverser la route pour que l'enchantement se brise contre la longue façade d'un ancien bâtiment industriel en briques rouges ; le parking était juste derrière.

– J'aurais bien aimé t'emmener à la maison, mais je dois aller chercher Nikolas.

– Ne t'en fais pas, je rentre en tram ; je n'ai que trois arrêts.

Ils s'embrassèrent, volant encore quelques minutes à la tyrannie du temps, puis Kristina mit la voiture en marche et Marko se dirigea vers l'arrêt. Sauf que, au lieu du tram, il prit le bus n° 3 ; les propos de Kristina lui avaient fait passer l'envie de rentrer chez lui.

– Bonsoir, commissaire.

La voix du jeune policier trahissait de la surprise et un brin de déception : pourquoi diable Kurismaa venait-il le déranger à une heure pareille ?

– Bonsoir, lui répondit Marko, et il aurait voulu ajouter un prénom, mais à ce visage pourtant familier il ne parvenait à en associer aucun.

Il parcourut les couloirs déserts du rez-de-chaussée et prit l'ascenseur pour monter à son bureau. Il était pressé de vérifier quelque chose. Il tourna fébrilement la clé dans la serrure, ouvrit la porte, alluma et, sans même quitter son manteau et son chapeau, fureta dans le fatras de circulaires et de paperasses innommables qui encombraient sa table. Il ouvrit d'abord le dossier Semenov et chercha le numéro d'imprimé. Il y figurait, sur le premier volet, en haut à droite : 142036. L'archiviste qui s'était occupé de la chemise de Bivlov devait être en revanche un passionné de chasse au trésor, puisqu'il avait placé le coup de tampon à l'intérieur, en travers, près du pli, mais l'important était que le numéro y figurait bien : 158470.

Les deux dossiers avaient donc été scannés et le contenu des feuillets manquants n'était peut-être pas perdu. Kurismaa alluma son ordinateur et consulta la page d'accueil de la police judiciaire. Durant cinq bonnes minutes, il explora le site, ouvrant menus, sous-menus et diverses pages, jusqu'à ce que sa hâte de savoir l'emporte sur son amour-propre : il se décida à passer un coup de fil.

– Allô.

La voix lui sembla pleine d'échos et de réverbérations métalliques, signe que Kristina utilisait son oreillette et qu'elle était donc encore en voiture. Marko alla droit au but.

– Bonsoir, désolé de te déranger, mais je voulais juste te demander comment on accède aux archives électroniques.

– Tu ne peux pas... Non, trésor, il n'est rien arrivé, c'est seulement un collègue de maman un peu empoté... Tu ne peux pas y accéder de chez toi, l'accès n'est consenti qu'à partir du réseau interne.

– En fait, je suis au bureau.

– Tu es malade !

– Je sais, mais dis-moi plutôt comment on entre dans cette foutue base de données, s'il te plaît.

– Clique sur « Intranet ».

C'était sans doute le seul mot du menu qu'il avait délaissé ; ça lui paraissait un truc réservé aux informaticiens.

– Ensuite, va sur « Archives électroniques dossiers criminels »...

Pour le reste, tout était à la portée du premier crétin venu et lui, de fait, se sentait un crétin au cube.

– À présent, va sur « Interrogation système ».

– Merci, maintenant je crois pouvoir me débrouiller seul ; j'avais juste besoin d'être mis sur la bonne voie.

Et il l'imagina levant les yeux au ciel.

– Bonne nuit, commissaire.

– Bonne nuit, inspecteur Lupp.

Sur le formulaire de demande, le champ « Numéro fascicule » figurait en premier. Kurismaa tapa les six chiffres du dossier Semenov et, au bout d'une éternité, apparurent sur l'écran, par à-coups, les trois pages tapées à la machine en 1993, celles où l'on suspectait un délit de corruption d'officier public avant de déclarer le « non-lieu ».

Marko repensa aux propos de Hillar Sirp au sujet des connaissances présumées de Semenov au sein de la police, et ce « non-lieu » lui apparut comme une conséquence logique.

Mais le document ne s'achevait pas là. En jouant de la souris, il resta bientôt bouche bée. Dans la version numérique, les feuillets qui complétaient le dossier étaient toujours fixés à la chemise. On voyait les agrafes et un bord de carton violet, signe qu'ils n'avaient pas été détachés pour la scannérisation, mais après. Quelqu'un avait voulu les faire disparaître. Or, cette hypothèse paraissait immédiatement confirmée par les mots de l'en-tête du rapport imprimé sur les pages disparues, des mots qui, en Estonie, avaient un écho sinistre et qui représentaient la marque la plus parfaite d'un imbroglio politique.

Le menu, en haut, comprenait une icône en forme d'imprimante. Kurismaa cliqua dessus, certain qu'il lirait et relirait ces lignes-là.

Dès que le ronronnement de l'imprimante cessa, il cliqua sur « Nouvelles recherches » et composa le n° 158470. Aussitôt, il alla au bout du document et, là encore, dans le dossier de Sergeï Bivlov, il trouva les feuillets agrafés, le bout de carton violet et le même en-tête inquiétant : « Commission de police judiciaire pour la vérification des faits relatifs au naufrage du ferry *Estonia.* » Voilà à quoi correspondait le violet dans le code des couleurs du crime estonien : il désignait l'enquête sur la catastrophe la plus grave que la nation ait jamais eue à affronter. Violet, comme la peau des morts noyés dans les eaux glacées de la Baltique. Huit cent cinquante-deux victimes, tel était le chiffre officiel qu'aucun Estonien né avant 1980 ne pourrait plus jamais oublier. Car chaque famille estonienne comptait un ami, un proche, un parent, un collègue qui, la nuit du 27 au 28 septembre 1994, se trouvait à bord de ce bateau, en route vers Stockholm.

À cette commission d'enquête avaient pris part les meilleurs policiers de l'époque, même si seules les hautes autorités savaient de qui il s'agissait précisément. Toutefois, les résultats n'avaient jamais été publiés. Une autre commission, appelée *Joint Accident Investigation Commission*, les avait acquis et enterrés, puisque, sur ce naufrage, aucune conclusion différente de celles tirées par la JAIC n'avait été admise : c'est la structure du navire qui avait cédé. Huit cent cinquante-deux morts à cause d'une porte arrière qui s'était brusquement ouverte, durant une nuit de tempête.

Cette version, approuvée par les gouvernements d'Estonie, de Suède et de Finlande, Kurismaa ne l'avait jamais encaissée, comme du reste des milliers de personnes à travers le monde. Mais la JAIC était présidée par Andi Meister, le ministre des Transports, et il n'était pas permis aux fonctionnaires de police de ne pas être d'accord.

Le naufrage de l'*Estonia* était une plaie ouverte, et les feuillets que Marko venait d'imprimer étaient du sel répandu sur cette plaie. À présent, il détenait un élément qu'il n'avait pas cherché et qu'il n'aurait jamais pensé imaginer, même de loin : un lien entre la mort d'Igor Semenov et celle de Sergeï Bivlov, et ce lien, c'était le navire *Estonia*, lancé le 26 avril 1984 et coulé à pic le 28 septembre 1994, à mi-chemin entre Tallinn et Stockholm.

18

En sortant, il ne se soucia même pas de vérifier s'il y avait encore des bus en circulation. Le tumulte que ses dernières découvertes avaient provoqué en lui réclamait, cette fois encore, une promenade à pied. Il était comme cela : face aux bouleversements, aux douleurs, aux blessures, il n'avait pas d'autre solution apaisante que de faire défiler la terre sous ses pieds. Et plus l'air était froid et le silence profond, plus ses pas, l'un derrière l'autre, le réconciliaient avec le monde et lui rendaient la cruauté tolérable.

Il passa devant l'ancien cimetière des Suédois, qui à cette heure-là se nimbait de vapeurs glacées, puis devant les sombres maisons ouvrières, puis devant la façade décorée du vieux sauna, au 9 de la rue Vana-Kalamaja. Mais, lorsqu'il arriva chez lui, sa colère n'était pas encore éteinte.

Entre les lignes de ces documents, Marko avait cru lire la responsabilité de Semenov et de Bivlov dans la catastrophe du ferry, et que ces deux-là aient vécu ces vingt dernières années en liberté l'indignait au-delà de tout. Et peu importait, à présent, s'ils étaient morts de mort violente : la justice tardive n'était pas la justice.

Ce fut avec ces pensées dans la tête qu'il s'approcha du portail, au moment même où une voiture rouge conduite par une femme repartait aussitôt après avoir déposé sans ménagements un jeune aux cheveux longs et à la barbe noire.

– Bonsoir, Pedro. Une soirée orageuse ?

– Oui, carrément. Parfois, je ne comprends pas les Estoniennes. Elles ne veulent que du sexe, et puis voilà qu'elles veulent de l'amour ; elles ne veulent qu'un coup du soir, et puis elles réclament une relation durable. Elles m'énervent !

– Si ça peut te consoler, moi aussi je suis énervé, ce soir.

– Une femme ?

– Non, bien pire. Si tu veux venir boire un verre, je te raconte tout ça.

Marcher ne l'avait pas apaisé, il avait besoin de bavarder, de raconter cette histoire à quelqu'un qui n'en avait pas entendu parler vingt ans durant et qui ne s'était pas habitué à cette vieille douleur. Et, après tout, Pedro lui non plus n'avait pas envie d'être seul ce soir-là : peut-être que la fille à la voiture rouge comptait un peu plus que les autres.

Ils s'installèrent à la table de la cuisine, au-dessus de marbre blanc. Marko sortit une bouteille de vodka Moe, intacte, l'ouvrit, emplit deux verres et la posa sur la table dans un bruit si fort qu'il eut peur de l'avoir cassée.

– Pedro, tu as déjà entendu parler du ferry *Estonia* ?

L'Espagnol secoua la tête et avala une longue gorgée de vodka.

– Il a coulé une nuit de septembre, en 1994. À bord, ce soir-là, il y avait aussi mon ami Rein. En Occident, c'était la folie pour les montres soviétiques, des Raketa, des Poljot, des Vostok ; on les trouvait chez nous pour pas cher, alors qu'en Suède on les revendait à prix d'or. Lui, il avait flairé l'affaire et il sillonnait les campagnes pour en récolter un maximum. Puis, une fois par mois, il partait pour Stockholm et les plaçait.

– Il en faisait la contrebande ?

La vraie question était plus dans le ton que dans les mots : un policier honnête pouvait-il avoir un ami contrebandier ?

Marko le devina :

– Il y a vingt ans, la situation était bien différente ici. Comparé à beaucoup d'autres, le métier de contrebandier était presque honnête. On a même pu dire que la ligne Tallin-Stockholm avait été ouverte plus pour les contrebandiers que pour les passagers ordinaires. Or, contrairement aux rapports des commissions internationales qui parlent d'une rupture de la structure, il semble que la catastrophe de l'*Estonia* ait été due justement aux contrebandiers.

– En quel sens ?

– En ce sens que, très vite, des bruits ont couru qui parlaient d'un naufrage volontaire. On disait qu'ils avaient fait couler le bateau à pic pour dissimuler un trafic d'armes entre la Russie et l'Occident. Des armes qui provenaient des arsenaux soviétiques.

– Et toi, tu le crois ?

– Les versions officielles prétendaient qu'une porte s'était ouverte, mais j'ai toujours pensé, moi, que c'étaient des bobards. D'accord, la mer était démontée, mais il s'agissait d'un navire long de cent cinquante mètres, pas d'une barque, et les tempêtes dans la Baltique n'ont rien à voir avec celles de l'Océan. De nombreux survivants ont dit avoir entendu comme une détonation depuis la proue, juste avant que le navire commence à s'incliner.

– Une bombe ?

– Très certainement. Si la rampe de la proue s'est détachée, c'est probablement à cause de l'explosion. L'eau a très vite envahi le garage, ce qui a semé la panique. Les reconstitutions parlent de personnes piétinées, de gens agrippés aux mains courantes, d'hommes et de femmes écrasés par les meubles. Les moteurs ont cessé presque aussitôt de tourner et les lumières se sont éteintes au bout de quelques secondes, toutes, y compris l'éclairage de sécurité. Tu t'imagines, là, dans ta cabine, en plein sommeil, et l'eau qui jaillit ? Tu t'imagines, plongé dans l'obscurité la plus totale, courant le long des parois inclinées dans les coursives, sans savoir où aller ? Sache qu'on a dénombré huit cent cinquante-deux victimes, mais qu'on n'a récupéré qu'une centaine de corps. Les autres sont tous restés piégés dans le navire.

– On n'est jamais parvenu à les récupérer ?

Marko remplit les deux verres, et vida le sien d'un coup sec, avant de répondre :

– C'est l'un des points qui rendent l'hypothèse du simple accident peu crédible. L'épave gît par soixante mètres de fond, la récupération des corps n'aurait posé aucun problème particulier. Pourtant, le gouvernement suédois s'y est opposé et a même voulu construire un « sarcophage de protection », en recouvrant le navire d'une chape de béton.

– Pourquoi ça ?

– Officiellement, pour empêcher la profanation de ce qu'ils ont appelé un « cimetière marin », mais tout le monde a le sentiment qu'on a voulu dissimuler à jamais la vérité. Une journaliste allemande, une certaine Jutta Rabe, a écrit des livres et réalisé des documentaires sur cette histoire. Il y a une quinzaine d'années, elle a recruté des plongeurs et a fait déposer sur l'épave une banderole qui accuse la Suède, la Finlande et l'Estonie d'avoir toujours refusé de rechercher les coupables du naufrage. Pour ma part, je pense que c'est bien le cas. D'où ma colère.

– Mais pourquoi t'es-tu énervé justement ce soir ?

– Parce que je crois avoir trouvé une bonne raison de penser que Jutta Rabe ne s'est pas trompée. Et cette raison se tenait juste là, dormant depuis qui sait combien de temps, dans les archives de la police judiciaire.

Un autre verre, pour chacun d'eux. La cuisine était maintenant saturée du parfum doux et particulier de la vodka Moe, et tous deux commençaient à avoir la tête lourde. Cependant, la curiosité de Pedro, piquée par ce récit, trouva la force de poser une nouvelle question :

– D'après toi, qu'est-ce qu'il transportait de si secret, ce ferry ?

– On a parlé de systèmes d'armement destinés au Pentagone, de moteurs de fusées vendus en douce à la NASA, de machines de décryptage de codes secrets. Moi, je crois qu'il s'agissait simplement de têtes nucléaires.

– Simplement ?

– Rends-toi compte de la période qu'on vivait alors. Ce qui restait du dispositif militaire soviétique constituait une espèce de bazar où tout était bradé. Tu te souviens des Russes qui sillonnent l'Europe entière en fourgon pour vendre des jumelles de l'armée, des télescopes et de vieux bustes de Lénine ? Eh bien, les militaires à cette époque faisaient pareil, mais à une plus grande échelle, si grande que personne ne veut le croire, pourtant, je t'assure, c'était bien le cas.

À présent, il suffisait de quelques mots pour lui assécher les lèvres et lui étouffer dans la gorge une voix de plus en plus empâtée. Il se tut, en fixant une vieille pendule arrêtée depuis allez savoir combien de temps.

– Tu penses à ton ami ?

– Oui. Il faisait partie des gens qu'on a récupérés sur des canots pneumatiques, des gens qui, une fois à bord de ces canots, se sont dit : « Me voilà sauvé », mais qui ont dû affronter les vagues pendant des heures et des heures.

Il se leva et, en s'appuyant sur les meubles, parvint jusqu'à un rayon plein de livres, en saisit un et revint s'asseoir.

– Quand j'étais petit, mon père, pour nous épargner la monotonie de la télévision du régime, nous a lu toute *L'Odyssée*, et j'imagine que, cette nuit-là, mon ami Rein s'est retrouvé comme Ulysse, à lutter contre la mer qui voulait le tuer.

Il ouvrit alors le livre à l'endroit où une vieille carte postale marquait la page, se mit à lire avec la voix chancelante de qui a trop bu, pas assez cependant pour oublier :

– « Poseidon prit la parole : "J'ai décidé de le conduire au comble de la malédiction." Il rassembla les nuées, bouleversa la mer, saisit son trident, déchaîna toutes les tempêtes, enveloppa sous d'épais nuages la terre et la mer, et le ciel déversa ses pluies la nuit durant. Une vague immense fondit sur Ulysse et retourna son radeau. Il en tomba et resta longtemps enseveli sous les eaux, de sorte que les magnifiques vêtements que lui avait offerts la nymphe Calypso l'alourdissaient dangereusement. Il finit par remonter à la surface, vomissant l'eau amère et, encore étourdi, trouva la force de rejoindre son radeau. Il s'agrippa fortement aux bois, monta dessus, s'assit au centre afin d'échapper au trépas. Alors les vagues devinrent immenses et s'abattirent sans répit, de tous côtés, sur le frêle esquif. »

– Que lui est-il arrivé, finalement ?

– Les dieux l'ont sauvé et, lorsqu'il s'est réveillé, nu, sur la plage, il s'est retrouvé face à la splendide Nausicaa.

– Et ton ami ?

– Lui, il n'était pas le chéri des dieux. Il est mort de froid, alors qu'il pensait s'en être tiré. De lui, on n'a récupéré que le corps.

19

Après les avoir lus et relus, Kalio Kuslap reposa les feuillets que Kurismaa lui avait donnés :

– C'est sûr, les types de la commission ne se sont pas trop foulés. Il est seulement écrit ici que Sergeï Bivlov était à bord de l'*Estonia* le soir du naufrage, même s'il ne figure pas sur la liste des passagers.

– Mais on mentionne aussi qu'il était très certainement associé à Semenov, lequel était fortement suspecté d'être un des organisateurs d'un trafic d'armes entre la Russie et l'Occident.

– Sauf qu'on n'a aucune preuve que ce trafic soit à l'origine du naufrage.

– Les documents les plus circonstanciés ont peut-être été remis à la commission internationale.

– En ce cas, pourquoi notre commission d'enquête a-t-elle conservé ces feuillets dans ses archives ?

– Pour moi, c'est pour assurer leurs arrières. Ils craignaient que la JAIC enterre le tout, mais qu'ensuite, avec les années, quelqu'un leur demande des comptes sur la vérité cachée. Et ainsi, sans violer l'engagement de confidentialité que leur a imposé le gouvernement, ils ont voulu laisser une trace, comme s'ils disaient : nous, on a bien fait notre boulot, ce sont les autres qui ont couvert les coupables.

– Allons, Marko ! Voilà que tu deviens complotiste toi aussi !

– Ne joue pas l'innocent. Je sais bien que toi aussi tu penses que les gars de la JAIC n'étaient qu'une bande de corrompus. En tout cas, le problème à présent est ailleurs. Si je t'ai montré ces documents, c'est pour te dire que nous avons un lien solide entre les deux meurtres : or, tu sais combien les liens sont précieux dans une enquête.

– Bien d'accord, mais ils nous conduisent où, ces liens ?

– En Russie, serais-je tenté de dire.

– Je parie que tu as déjà une belle hypothèse toute prête.

En effet, ce matin-là, quand il s'était réveillé la bouche pâteuse et la tête dans un étau, Kurismaa avait tenté de s'interroger sur le sens de ce qu'il avait trouvé. La conversation avec Pedro, sans doute encore plus que sa cuite, avait enfin fait taire ses vieux fantômes et Rein, le contrebandier de montres, était allé reposer en paix avec les huit cent cinquante et un autres. Et ainsi, tandis qu'il préparait son café, il avait pu réfléchir sur les deux meurtres avec un esprit pratiquement débarrassé de la haine. Et il était parvenu à une conclusion :

– Semenov et Bivlov ont été éliminés par leur propre organisation : ils ne servaient plus à rien et ce qu'ils savaient pouvait mettre quelqu'un en danger.

– Dire « quelqu'un » ne suffit pas. Il faudrait avoir au moins quelques suspects.

– Prends tous ceux qui étaient officiers dans l'armée soviétique durant les deux dernières années de son existence, ajoute ceux de la marine, de l'aviation, ainsi que ceux des services secrets, et tu auras ta liste de suspects. Ensuite, prends un stabilo et souligne les noms de ceux auxquels on a attribué récemment un poste : ce sont les plus puissants, mais aussi les plus vulnérables, ceux qui ont le plus intérêt à mettre le passé sous le boisseau. Voilà, tu les as, tes super-suspects.

– D'accord, mais on parle là d'une liste de centaines de personnes.

– Mais ce qui est sympa, c'est qu'on n'a pas besoin d'éplucher cette liste nous-mêmes, ni de l'établir. Ce qui rend mon hypothèse infiniment commode, c'est que, de cette manière, la balle est dans le camp des Russes. Russes sont les victimes, russes les assassins, russes les prises de tête.

– Mais tu sais bien qu'ils vont tout enterrer !

– Comme nous l'avons fait pendant vingt ans avec le ferry coulé. Laissons-les tout enterrer. Je n'ai plus le feu sacré de la vérité dans les tripes.

Le désenchantement et l'indifférence que montrait Marko auraient pu en tromper plus d'un, mais pas son supérieur. Kalio savait que son ami voulait seulement s'assurer que l'ombre douteuse des « raisons politiques » ne bloquerait pas son enquête, et il fit semblant de mordre à l'hameçon :

– Et si on allait malgré tout discuter avec les membres de l'ancienne commission, ceux qui ont rédigé les rapports des chemises violettes, on remonterait peut-être un peu plus précisément aux membres de l'organisation criminelle à laquelle appartenaient Semenov et Bivlov.

– Tu veux faire toi-même le boulot ingrat des collègues russes ?

– Je veux juste que personne ne puisse dire que nous n'avons pas fait tout notre possible.

– Mais, même si on le voulait, on les récupère où, les noms des membres de la commission ? Ils étaient tenus secrets.

– Devenir commissaire-chef, c'est s'assurer plein d'emmerdements, mais ça donne quelques avantages…

– Tu veux dire que tu connais les noms ?

– Si je le veux, oui.

Et il se mit à pianoter sur son clavier d'ordinateur, obtenant aussitôt le résultat attendu :

– Les voilà, ces noms, tous les cinq : Karl Seidel, Peeter Kuurman, Paul Veiman, Oskar Lehtpuu, Aadam Semper.

– Mais il s'agissait tous d'instructeurs quand nous étions des recrues ! s'exclama Kurismaa, surpris.

– Bien sûr. C'étaient les meilleurs.

– Lehtpuu est mort il y a deux mois, et on m'a dit que Seidel est pensionnaire d'un établissement pour malades d'Alzheimer, mais je peux essayer d'appeler les autres. Veiman, je l'ai vu l'autre jour, et il me semble bénéficier d'une excellente santé et d'une excellente mémoire, même si, quand je lui ai parlé de Semenov, il m'a répondu que ce nom ne lui disait rien.

– Tu sais, il vieillit lui aussi. Si on devait se rappeler tous ceux sur qui on a enquêté, on aurait la tête comme une citrouille !

– C'est vrai. Bon, je vais les appeler, lui et les autres. Si même d'eux rien ne ressort, on pourra passer la balle aux Russes.

– Le seul truc que tu aimerais passer aux Russes, c'est un bâton de dynamite allumé !

Revenu à son bureau, il composa le numéro de Paul Veiman, mais la ligne était occupée. En revanche, il n'avait pas les coordonnées de Kuurman ni de Semper, et il fut contraint de recourir à l'irremplaçable Mand :

– Kaspar, dit-il dès que l'autre décrocha, j'ai besoin du numéro de téléphone de deux collègues qui sont sûrement à la retraite : Aadam Semper et Peeter Kuurman… Ah, oui… Parfait, apporte-moi ça dès que tu as les numéros… Non, ne me les envoie pas par mail, je n'ai pas envie d'allumer l'ordinateur pour lire un mail qui vient du bureau d'à côté ; dès que tu les as, note-les sur un papier puis bouge-toi le cul pour m'apporter ça en même temps que l'autre truc.

Et il souhaita que la recherche des numéros dure longtemps, très longtemps, car il sentait que le sommeil n'allait pas tarder à lui ôter toute lucidité et à ralentir ses mouvements jusqu'à le paralyser complètement. Il eut juste le temps de poser la tête sur le bureau avant de sombrer.

Quand il rouvrit les yeux, plus d'une heure était passée. Il repensa à la soirée de la veille : se taper une bouteille de vodka à deux n'était certes pas le meilleur moyen de soigner la narcolepsie. Pendant cette heure, Kaspar avait trouvé les numéros des membres de la commission, les avait écrits et les lui avait discrètement déposés sur son bureau : savoir si le jeune Mand avait des soupçons sur la véritable raison de ces siestes improvisées, ou s'il les attribuait seulement à une vie nocturne effrénée de son chef ?

Outre le feuillet des numéros de téléphone, Kaspar avait déposé un disque dur noir, d'un modèle assez ancien, avec dessus un post-it: *Enregistrements des caméras de vidéosurveillance de la station Neste Oil Pirita. Réellement branchées.*

Marko alluma son ordinateur et visionna l'ensemble des fichiers que son assistant lui avait procurés. Ils étaient répartis en trois dossiers: immatriculations, Pirita tee, Rummu tee. Conformément à son appellation, le dossier « immatriculations » contenait juste les photos des plaques des véhicules venus faire le plein. Les fichiers étaient ordonnés en fonction de la date et de l'heure où les clichés avaient été pris; il s'agissait de se concentrer sur un intervalle de temps correspondant à l'assassinat de Bivlov et d'insérer dans la base de données de la mise en circulation toutes les plaques repérées. Un travail de bénédictin, si ennuyeux que, compte tenu de sa narcolepsie, cela aurait certainement demandé des mois. Un travail pour un bleu, conclut-il. Par ailleurs, si l'assassin avait fait le plein à la station proche des lieux du crime, ce serait un sombre crétin.

Les caméras pointées sur Rummu tee, sur l'avenue qui conduisait à la piste, fournissaient, avec l'obscurité, des images difficilement interprétables. Bien meilleurs étaient les enregistrements de Pirita tee; là, les lampadaires étaient plus puissants et les voitures plus près: seules les couleurs étaient altérées par la lumière jaunâtre de l'éclairage public. Il se souvint alors des propos du préposé à la location des skis: à dix-neuf heures précises, il les retirait, pour les rendre à vingt et une heures cinquante-cinq. Il savait sur quel jour se concentrer et même sur quel horaire, mais il ignorait ce qu'il fallait chercher précisément. Une voiture suspecte ? Une berline noire, portant l'inscription « Services secrets russes » sur le côté ? Un SUV que conduisait un type à la gueule d'assassin ? Il se sentit désorienté, comme lorsque, à la gare de Narva, il s'était posé ce même genre de questions. Mais là-bas, les caméras étaient factices, alors qu'ici, non et, somme toute, regarder les enregistrements ne réclamait pas beaucoup d'efforts, ce seraient ces vidéos mêmes qui réveilleraient son attention.

Or, ce fut un sacré réveil : au bout d'un quart d'heure de visionnage, il s'apprêtait à repiquer du nez, lorsque la silhouette insolite d'une voiture le fit presque sursauter. On ne voyait pas qui était au volant, mais la marque et le modèle, pour lui, étaient plus qu'évidents. La voiture paraissait blanche ou couleur sable, mais l'effet altérant des lampadaires était notable : avec certitude, on pouvait seulement dire qu'elle était claire.

Kurismaa nota sur un bout de papier l'horaire exact de passage, puis il arrêta la vidéo, ouvrit le dossier « Rummu tee » et chercha le fichier qui l'intéressait. Il lui suffit d'un double-clic pour passer du suspect au « très suspect » : cinq secondes après avoir été filmée sur Pirita tee, la voiture claire avait tourné à droite et s'était engagée sur la route qui conduisait à la piste de ski. Il regarda plusieurs fois, alternativement, les deux vidéos et, même si la deuxième paraissait floue et granuleuse, les doutes subsistants s'étaient bien amenuisés.

Il prit son portable qu'il avait laissé sur son bureau et composa le dernier numéro appelé : le téléphone de Paul Veiman, cette fois, sonna.

– Salut, Paul, Marko à l'appareil, Marko Kurismaa.

– Salut, Marko.

– J'aurais besoin de te parler d'une enquête dont tu t'es occupé il y a bien longtemps ; je peux passer chez toi ?

– Quand ?

– Le temps de prendre le train et d'arriver à Nõmme.

– Le passé devient brusquement actuel, à ce que je vois.s

– C'est comme ça.

– D'accord, viens, mais pas ici : on se voit au marché couvert, tu sais où il est ?

– Non. Ça va te sembler bizarre, mais ça fait un bout de temps que je ne vais plus dans le coin.

– En sortant de la gare, prends la rue juste en face de toi. Cinq minutes, et tu y es.

20

C'était un vrai plaisir que de voyager à bord des nouveaux trains régionaux. Lumineux, propres, confortables : pour un peu, ils lui auraient fait oublier les raisons de son déplacement à Nõmme.

Une fois descendu du train, il suivit les indications de son ancien instructeur. Le ciel était livide mais non menaçant, de la couleur du jour finissant… à trois heures de l'après-midi. En regardant la rue et les trottoirs, Marko constata avec satisfaction qu'il suffisait de sortir à peine de la ville pour retrouver les paysages de son enfance, pour retrouver les neiges d'antan. N'ayant pas à se confronter aux touristes empotés ni aux managers étrangers en mocassins, la commune de Nõmme jugeait inutile d'enlever la neige de l'asphalte jusqu'au dernier flocon. Les gens marchaient un peu plus prudemment, c'est tout, et les moins téméraires fixaient sous leurs semelles des crampons en caoutchouc avec de petites pointes de fer. Les maisons elles aussi, à l'exception de celles qui donnaient sur l'avenue Pärmu, avaient gardé une dimension estonienne : minuscules, en bois et peintes de couleurs variées.

Dans les cinq minutes prescrites, il arriva au Nõmme Turg, le petit marché couvert, tout en bois peint en vert, où il avait rendez-vous avec Paul Veiman. Lequel l'y attendait.

Tous deux ôtèrent leur gant pour se serrer la main, sans trop s'épancher.

– Où pourrions-nous aller ? Demanda Kurismaa.

– Je t'aurais bien invité à la maison, mais je préfère ne pas mêler ma femme à des questions professionnelles. Ça te dit de faire quelques pas ?

– Volontiers.

Il faisait froid, et il n'allait pas tarder même à faire très froid, mais se rendre dans un café n'était pas idéal : pour aborder certaines choses, il valait mieux rester à l'extérieur, loin des oreilles indiscrètes. Veiman le conduisit dans une rue qui semblait marquer la limite nord de la petite ville: d'un côté, les palissades en bois de maisons tranquilles, de l'autre, à droite, le bois.

Pendant quelques minutes, ils demeurèrent silencieux, à écouter la neige gelée crisser sous leurs pas. Puis Kurismaa demanda:

– À quel moment as-tu décidé de tuer Semenov et Bivlov ?

– Il y a vingt ans. Quand le gouvernement a enterré notre enquête.

Il n'y avait aucun ton de surprise dans cette réponse: le vieux savait depuis le début quel serait le sujet de leur conversation.

– Mais pourquoi avoir attendu tout ce temps ?

– J'ai dû attendre que leur protecteur passe l'arme à gauche.

Marko repensa à l'interrogatoire de Hillar Sirp en prison: même si Semenov avait fait sauter la cathédrale Nevski, quelqu'un l'aurait couvert.

– À qui fais-tu allusion ?

– À ce salopard qui a fait semblant de bosser avec nous, mais qui ensuite, à la commission internationale, a dit que nous n'avions émis que des hypothèses infondées.

– Oskar Lehtpuu ?

– Le diable l'emporte. Si je les avais supprimés avant qu'il ne meure, il serait vite remonté jusqu'à moi.

– En revanche, tu pensais qu'aucun de nous ne serait capable de te découvrir ?

– Ç'aurait dû se passer comme ça, mais quand j'ai vu que vous n'aviez pas gobé cette histoire de mort naturelle de Semenov, j'ai commencé à m'inquiéter.

– Mais pourquoi avoir supprimé également Sergeï ?

– Je l'ai buté avant de savoir que vous enquêtiez et, surtout, avant de savoir que c'était toi qui enquêtais, sinon j'aurais évité ça. Peut-être. Ou peut-être que je l'aurais fait quand même. Et même, tu sais quoi ? Je le referais.

– Pourquoi les haïssais-tu à ce point ?

– Parce que je sais ce qui s'est passé la nuit du 28 septembre 1994. Je le sais exactement, dans les détails.

Pas une voiture, pas un bruit ; sur cette route, en bordure du bois, on ne voyait que deux hommes, qui marchaient lentement, l'un, le plus âgé, les mains dans le dos, l'autre les mains enfoncées dans les poches ; de leurs bouches sortaient des petits nuages de vapeur qui flottaient un instant dans l'air, denses, avant de se dissiper qui sait comment.

– Igor Semenov et Sergeï Bivlov étaient la « filiale » estonienne d'une organisation qui piquait des armes dans les vieux arsenaux soviétiques pour les acheminer dans les centres de répartitions en

Allemagne, via la Suède. Le commerce des kalachnikovs, il le laissait à d'autres : trop risqué et pas assez rentable. Eux, ils se concentraient sur les missiles : systèmes de visée, batteries mobiles, têtes conventionnelles et nucléaires. Un seul chargement de ces missiles leur rapportait l'équivalent de quarante transports d'armes légères. Ils avaient été tous les deux dans l'armée et ils avaient les bonnes connaissances, des deux côtés de la frontière. Naturellement, ils bénéficiaient d'un réseau d'aides au port et sur le ferry ; Bivlov ne figurait jamais sur la liste des passagers et leur camion était toujours le plus près de la porte de proue, afin d'être le premier, une fois arrivé à Stockholm, à débarquer et à se volatiliser.

– Qu'est-ce qui s'est passé, cette nuit-là ?

– Au début, tout se déroulait comme d'habitude. Les armes cachées dans un camion qui transportait du saumon, première place dans le garage de proue du navire, Bivlov au volant et Semenov pour coordonner les opérations d'ici : ils communiquent par téléphone satellite. Deux heures après que l'*Estonia* a levé l'ancre, les complices à Stockholm remarquent que la police suédoise est en alerte et qu'elle se prépare à accueillir le chargement. L'organisation ne peut pas se permettre d'être découverte : les dirigeants russes sont mouillés jusqu'au cou, généraux, secrétaires de parti, des gens que tu vois aujourd'hui serrer la main aux chefs d'État étrangers. C'est pour ça que, dès le début, ils avaient prévu un plan B.

– Couler le bateau ?

– Seulement en dernier ressort, l'important étant de balancer le camion à la mer avec son chargement.

Ils avaient prévu de payer un mousse pour qu'il ouvre la porte de proue une fois au large ; pour un navire de ce genre, il n'était pas impossible de naviguer un moment avec la proue ouverte, juste le temps de faire sortir et de balancer le camion. Naturellement, c'était courir le risque que cela tourne mal et que le ferry coule. Ils étaient prêts cependant à cette éventualité et, surtout, ils avaient pris en compte de faire mourir un certain nombre d'innocents.

– Or, cette nuit-là, malgré la tempête, le mousse a ouvert la porte ?

– Non, leur homme s'est refusé à affronter un pareil danger et Bivlov a dû se débrouiller seul. Leur téléphone satellite était sur écoute : on a l'enregistrement du moment où Semenov lui ordonne de faire sauter la porte avec de l'explosif.

– Mais c'était un suicide aussi pour Bivlov !

– C'était certainement un très gros risque, mais lui, contrairement aux pauvres gens qui y ont laissé leur peau, il était préparé. On a examiné les photos prises lors des opérations de secours, le matin. Sur l'une d'elles, on voit notre fils de pute : il porte un gilet de sauvetage différent de ceux que comptait l'*Estonia*, et sous ses vêtements dépasse une combinaison. Ceux qui sont sur le canot avec lui sont pratiquement nus.

Kurismaa se souvenait très bien des comptes rendus des secouristes, ils parlaient de gens surpris dans leur sommeil, en pyjama, voire nus, des gens auxquels la furie des vagues avait arraché tout ce qu'ils portaient. Ces scènes d'apocalypse, il les imaginait comparables à celle que montrait un tableau exposé au Louvre, et dont son père avait une reproduction dans son bureau,

Le Radeau de la Méduse: des hommes nus, entassés les uns sur les autres, à la dérive sur un frêle esquif fait de troncs d'arbres et de planches.

– Bivlov et Semenov ont tué huit cent cinquante-deux personnes juste pour couvrir leurs trafics ?

– Techniquement, ils ne les ont pas tuées : ils ont envisagé la possibilité qu'elles meurent. Peut-être imaginaient-ils qu'elles s'en sortiraient pour la plupart, mais je ne pense pas qu'ils aient eu beaucoup de scrupules ; d'ailleurs, quand tu vends des missiles aux terroristes, la vie des autres est le dernier de tes soucis.

– Mais pourquoi la commission internationale a-t-elle fait avaler au monde la thèse de l'accident ?

– Nous, les Estoniens, nous venions d'avoir notre indépendance tout récemment et nous regardions vers l'Europe : nous ne voulions pas apparaître aux yeux de l'Occident comme un pays de trafiquants d'armes. La Suède, de son côté, avait un tas de choses à camoufler, car tous les systèmes d'armement qui passaient par le port de Stockholm ne finissaient pas tout droit en Allemagne ; certains, les plus sophistiqués, étaient épluchés par l'industrie d'armement suédoise. Et la Finlande l'a rejointe.

– Combien de personnes savent la vérité ?

– Un paquet, mais encore maintenant, vingt ans après, si on la disait, on serait taxés de « complotisme ». Moi, j'ai renoncé à la vérité, mais ce à quoi je ne pouvais pas renoncer, c'était la punition : j'avais les responsables sous la main, ceux qui avaient volé au moins une vie à chaque famille estonienne, je ne pouvais pas tolérer qu'ils s'en tirent comme ça. Plus le temps passait, plus je sentais le poids de la responsabilité : moi, j'avais le pouvoir de le leur faire payer, et malgré cela je restais immobile, à regarder le vieil Igor se taper cette gamine et Bivlov s'entraîner sur ses skis. Cependant, je ne voulais pas être la huit cent cinquante-troisième victime : j'ai attendu patiemment la mort de Lehtpuu, en espérant ne pas partir avant lui.

– Pourquoi tu n'as pas tué aussi Oskar Lehtpuu ?

– C'était un collègue. Un traître, mais un collègue. On avait fait notre carrière ensemble, dans la police : tu pourrais, toi, tuer Kalio si tu découvrais qu'il s'agit d'un traître ?

Marko ne répondit pas : la question était trop difficile.

Veiman reprit :

– Ces deux-là, je les ai surveillés pendant vingt ans. J'aurais pu les tuer à n'importe quel moment. J'ai échafaudé des dizaines de plans différents pour les éliminer. J'ai même cultivé de la ciguë dans mon jardin. Pour chaque plan qui échouerait, j'en aurai tenté un autre, puis un autre encore.

– Tu es en train de me dire que tu avais déjà tenté de les tuer ces derniers mois ?

– Je me suis mis au travail le jour même où Lehtpuu est mort.

Ils avaient à présent parcouru une belle distance ; les maisons, sur leur gauche, avaient disparu et la route paraissait se perdre dans un blanc qui, avec la tombée du soir, devenait de plus en plus gris. Kurismaa s'arrêta et regarda son collègue :

– Peut-être que, si tu ne m'avais pas raconté que tu avais repeint en bleu foncé ta vieille ZAZ, je n'aurais pas pensé à toi quand j'ai vu la ZAZ claire dans les enregistrements de la caméra de surveillance.

– J'ai hésité longtemps entre prendre ma voiture, me faire déposer par un ami, louer un véhicule ou prendre les transports en commun; finalement, j'ai choisi ma vieille ZAZ. Je savais que c'était risqué, mais pendant quarante ans j'ai risqué ma peau tous les jours pour capturer des crapules même moins dangereuses que Bivlov. Et puis, les caméras de surveillance, il y en a partout: même si j'y étais allé à pied, un de ces maudits appareils m'aurait bien filmé depuis quelque part. Sans compter que j'étais convaincu que tout le monde goberait cette histoire de mort accidentelle et que personne n'irait enquêter là-dessus. Mais ensuite, quand tu m'as parlé de la ZAZ, j'ai paniqué, car je craignais que tu m'aies déjà découvert et que tu joues au chat et à la souris, alors j'ai sorti ce bobard de la voiture repeinte en bleu. J'aurais dû penser qu'un gars comme toi n'allait pas mordre à l'hameçon: mon véritable ennemi, ce n'étaient pas les caméras, c'était toi.

Kurismaa éprouva un frisson, mais il se força à se montrer impassible:

– À Narva, quand tu as pris le Tallinn Express pour éliminer Semenov, tu as réussi à embrouiller les gardes-frontières, voilà pourquoi le chef de gare n'arrivait pas à faire le bon compte des voyageurs. Dès que tu es monté avec eux, sans que personne ne te voie, tu as laissé la bouteille de Vana Tallinn à côté du Russe, avec cette petite carte pour accompagner le cadeau. C'est bien ça?

– Oui.

– Mais alors, si tu t'étais préparé à monter incognito, pourquoi avoir acheté un billet, et pourquoi avoir donné ton véritable nom à la billetterie de Narva ?

– Le billet me servait pour poursuivre le voyage. Si, en plus de monter, j'étais redescendu avec les douaniers, j'aurais éveillé les soupçons. Pour le nom, j'ai été pris au dépourvu. La semaine précédente encore, on pouvait se présenter au départ du train sans qu'on nous demande quoi que ce soit, ni nom, ni papiers. Là, je n'ai pas eu la présence d'esprit d'improviser un truc.

– C'est toi qui as arraché les feuillets des chemises violettes de Semenov et de Bivlov ?

– Oui. Pour éviter que quelqu'un puisse les relier au naufrage de l'*Estonia*.

– Et, naturellement, tu ignorais que ces feuillets avaient déjà été numérisés et que, par conséquent, les arracher ne servait à rien.

Veiman était surpris :

– Je ne comprends rien à toutes ces histoires de numérisation. J'étais sûr qu'aucun d'entre vous, les jeunes, ne saurait relier ces chemises à notre commission d'enquête, et je pensais que, une fois les feuillets détruits, tout irait pour le mieux.

Les deux hommes formaient désormais une petite tache sombre, presque imperceptible, sur une route enneigée qui s'avançait dans une campagne couverte de neige.

– On repart ? proposa Marko.

– Oui, je crois qu'il est temps.

21

Marko et Kristina avaient tenu leur promesse de ne pas penser au boulot. Ils avaient dîné au *Clazz*: bonne nourriture et, enfin, un excellent jazz. Mais à présent que la musique s'était tue et que la salle s'était pratiquement vidée, ils pouvaient bien s'accorder deux mots sur l'enquête.

– Tiens, dit Kurismaa en écrivant sur la nappe en papier, c'est le numéro d'Olga Semenova, tu peux l'appeler demain, elle attend ton coup de fil.

– Tu penses vraiment qu'elle va me donner des renseignements sur le réseau de pornographie que dirigeait Podgorny ?

– Bien sûr. À présent, Podgorny n'inquiétera plus personne. Si tout va bien, il va passer les trente prochaines années à l'ombre.

– Qu'est-ce que vous avez dit aux collègues russes ?

– Que l'empoisonnement d'Igor Semenov a commencé sur le territoire russe et qu'on a de fortes suspicions sur Nikolaï Podgorny. Le Dr Pärn a modifié opportunément son rapport. D'ailleurs, qui peut dire si la première gorgée de poison a été bue ici ou de l'autre côté du Narva ?

– Je suis surprise qu'ils aient cru à votre version; d'habitude, s'ils peuvent éviter un travail, ils ne s'en privent pas.

– Oui, mais Semenov comptait encore un certain nombre d'amis dans les hautes sphères à Moscou, c'était un des leurs : dans ces cas-là, ils s'en occupent. D'autant plus que nous leur avons fourni le coupable sur un plateau d'argent, ainsi que le mobile du chantage qui finit mal.

– Sauf que Podgorny n'a pas tué Semenov.

– Essaie donc de lui infliger une peine de cinq ans pour chaque mineure qu'il a détruite, fais le total, et tu verras que, avec trente ans de taule, il s'en tire bien.

– Et avec le meurtre de Bivlov, comment vous débrouillez-vous ?

– Quel meurtre ? C'était un accident : sortir de piste à cet endroit était très facile. Les responsables de Pirita ont été invités à installer des protections sur la portion qui longe le fleuve.

– Par moments, tu me fais peur.

Elle avait dit cela en souriant, mais il lui répondit avec le plus grand sérieux :

– Ceux qui ont arrêté mon père agissaient selon la loi, mais ils ne savaient même pas ce qu'était la justice. Moi, je ne respecte peut-être pas la même loi, mais l'idée de justice ne me quitte pas une seule seconde.

Elle lui caressa la main :

– Alors, cet été, on retourne à Narva-Jõesuu ?

– J'ai promis à Veiman d'aller le voir ; maintenant, si tu penses que nous montrer ensemble est embêtant, j'irai tout seul.

– L'été, c'est dans une éternité, on a tout le temps d'y réfléchir. Pour l'instant, partons, ils vont fermer.

Ils récupérèrent leurs manteaux au vestiaire et sortirent : un quart d'heure à pied et ils seraient bien au chaud, chez Marko.

Dehors, dans la rue déserte, la jeune prostituée étrangère faisait les cent pas en attendant le client. Marko la regarda et leurs regards se croisèrent si intensément que même Kristina comprit :

– C'est elle qui a téléphoné aux collègues quand Sirp t'a laissé à moitié mort dans la neige ?

– Je crois que oui.

– Alors, le minimum qu'on puisse faire, c'est d'aller la remercier.

– Ensemble ?

– Ensemble.

L'inspectrice Kristina Lupp, de la section Crimes domestiques et Violences faites aux femmes, n'arrêtait vraiment jamais de travailler.